LA

PENSIONNAIRE

DE SAINT-DENIS

PAR

F. VILLARS

ROUEN

MÉGARD ET Cᵉ, LIBRAIRES-ÉDITEURS

1867

APPROBATION.

—

Les Ouvrages composant **la Bibliothèque morale de la Jeunesse** ont été revus et **ADMIS** par un Comité d'Ecclésiastiques nommé par MONSEIGNEUR L'ARCHE-VÊQUE DE ROUEN.

—

L'Ouvrage ayant pour titre : **La Pensionnaire de Saint-Denis** a été lu et admis.

Le Président du Comité,

Picard

Archip. de la Métrop.

Avis des Éditeurs.

Les Éditeurs de la **Bibliothèque morale de la Jeunesse** ont pris tout à fait au sérieux le titre qu'ils ont choisi pour le donner à cette collection de bons livres. Ils regardent comme une obligation rigoureuse de ne rien négliger pour le justifier dans toute sa signification et toute son étendue.

Aucun livre ne sortira de leurs presses, pour entrer dans cette collection, qu'il n'ait été au préalable lu et examiné attentivement, non-seulement par les Éditeurs, mais encore par les personnes les plus compétentes et les plus éclairées. Pour cet examen, ils auront recours particulièrement à des Ecclésiastiques. C'est à eux, avant tout, qu'est confié le salut de l'Enfance, et, plus que qui que ce soit, ils sont capables de découvrir ce qui, le moins du monde, pourrait offrir quelque danger dans les publications destinées spécialement à la Jeunesse chrétienne.

Aussi tous les Ouvrages composant la **Bibliothèque morale de la Jeunesse** sont-ils revus et approuvés par un Comité d'Ecclésiastiques nommé à cet effet par MONSEIGNEUR L'ARCHEVÊQUE DE ROUEN. C'est assez dire que les écoles et les familles chrétiennes trouveront dans notre collection toutes les garanties désirables et que nous ferons tout pour justifier et accroître la confiance dont elle est déjà l'objet.

LA

PENSIONNAIRE

DE SAINT-DENIS

I.

Dans une des vastes cours de la maison royale
de Saint-Denis, une cinquantaine de jeunes filles, qui toutes avaient dépassé l'âge de l'adoles-
cence, se trouvaient réunies. C'était l'heure de la

récréation, cette heure qui arrive si tardivement
et qui finit sitôt ! Un observateur attentif aurait
pu préjuger, sans se tromper de beaucoup, le
caractère de chaque élève à l'expression de sa
physionomie et à la manière dont elle passait ce
temps de loisir. En effet, quelques-unes d'entre
elles se livraient à l'innocent exercice du volant,
des cerceaux ; elles couraient, riaient avec éclat,
s'amusaient d'une maladresse, parlaient beaucoup,
mais ne causaient pas. Il était visible que leur
pensée n'avait pas franchi les limites des murs de
la maison royale ; elles avaient la naïveté et là
jeunesse de leur âge. D'autres, au contraire (et
c'était le plus grand nombre), affectaient un air
de gravité et regardaient avec dédain les jeux de
leurs compagnes. Deux à deux, ou trois à trois,
elles se parlaient bas et d'un air de mystère; leurs
chuchoteries ne cessaient que lorsque le regard
d'une des dames surveillantes se tournait de leur
côté. Alors elles continuaient en silence leur promenade jusqu'à ce que l'attention de *madame*, at-
tirée ailleurs, leur permît de renouer leurs confi-
dences interrompues. Entrerons-nous dans les
grands secrets de ces petites têtes ? Ils ne valaient
pas, à coup sûr, toute la peine qu'elles prenaient

pour les garder de toute oreille profane. C'était l'espérance de la sortie prochaine, c'était l'expectative d'une soirée de spectacle, ou un concert, ou un voyage, une toilette promise dont on donnait à son amie de cœur le plus minutieux détail, dans l'espoir bien fondé qu'elle en serait jalouse à mourir.

Une de ces jeunes filles se faisait remarquer par sa jolie figure, que gâtait un air de hauteur et de morgue aristocratique. Plusieurs fois, tout en causant, elle s'était retournée pour regarder la porte du grand escalier. Enfin, elle y vit sans doute ce qu'elle attendait; car, quittant tout à coup sa petite coterie, elle s'avança de ce côté. Trois personnes venaient de paraître dans la cour: l'une était une jeune personne en costume de voyage; un homme de cinquante-cinq à soixante ans, et dont les allures, la tournure martiale, la moustache et le ruban rouge à la boutonnière annonçaient la profession militaire, marchait près d'elle. Tous deux étaient accompagnés d'une dame de Saint-Denis. A peine eurent-ils fait quelques pas, que toutes les élèves, comme un essaim d'oiseaux, accoururent en s'écriant:

— C'est de Buffe qui part... Pauvre de Buffe!

1.

chère de Buffe ! Elle est bien heureuse de partir, murmuraient quelques voix.

Celle que, conformément à l'usage établi dans la maison de Saint-Denis, on appelait par son nom de famille, quittait en effet l'asile qui l'avait abritée pendant huit années. Elle venait de prendre congé de la respectable surintendante, la baronne de Bourgoing. On traversa lentement la cour, M. de Buffe causant avec la surveillante, sa fille échangeant force promesses d'amitié et de souvenir. Au moment de sortir de la cour, celle des jeunes filles que nous avons indiquée comme ayant été la première à accourir à la rencontre de la voyageuse, s'approcha de M. de Buffe.

— Colonel, lui dit-elle gracieusement, je suis la meilleure amie de Marguerite ; ma mère habite Paris ; mais nous passons une partie de l'année au château de Vernes, qui appartient au marquis de Vernes, mon père. Il est à une lieue d'Amiens. Dans peu j'y serai, et j'espère que vous voudrez bien nous amener Marguerite souvent et nous la laisser longtemps.

M. de Buffe s'inclina et promit. Les deux amies se séparèrent enfin, et bientôt Marguerite et son père se trouvèrent placés dans la voiture qui devait les transporter à Paris.

Chemin faisant, la jeune élève de Saint-Denis n'entretint son père que de ses compagnes et de ses regrets. Il aurait bien voulu qu'elle y mêlât quelques expressions de tendresse pour lui; il en attendit longtemps.

— Ma fille, lui dit-il enfin, n'as-tu de pensées que pour ce que tu quittes, et n'y a-t-il pas une légère compensation dans ce que tu retrouves?

Le vieux militaire avait les yeux pleins de larmes, Marguerite s'en aperçut, et, remplie de remords, elle se jeta dans ses bras.

— Pardon, mon bon père! ne me crois pas ingrate! je serai bien heureuse d'être près de toi, sans doute; mais j'ai formé à Saint-Denis des amitiés éternelles, et je serais ingrate aussi d'oublier la peine que cause mon départ.

— Amitiés éternelles! répéta M. de Buffe en souriant et hochant la tête. A ton âge, on croit à la durée de tout! Dans quelques années, tu me diras ce qui te reste de ces beaux sentiments.

— Ah! cher père! répondit Marguerite avec vivacité, ne les calomniez pas. Octavie ne m'a-t-elle pas promis une place dans la loge de sa

mère, aux Italiens, chaque fois que nous nous
trouverions ensemble à Paris? Elisabeth ne m'a-
t-elle pas dit qu'elle m'enverrait tous les patrons
de modes nouvelles? et Angèle qui veut m'écrire
tous les jours! et Berthe surtout! c'est elle qui
est affligée de mon départ!... Comme elle avait
bonne grâce à te prier de m'amener au château
de son père... Oh! nous irons souvent, n'est-ce
pas? Puis, il nous faudra la recevoir aussi. Nos
plans sont déjà faits: j'aurai une chambre chez
elle, et elle une chambre chez nous. Nous nous
livrerons ensemble aux mêmes études, aux mêmes
plaisirs. Nous jouerons les pastorales de Beetho-
ven. Tu sais, mon père, que je suis devenue forte
sur le piano? Je suis bien plus avancée que Berthe. Elle a le doigté très-mou et ne lit pas bien à
propos... Tu ne m'as pas encore dit la forme de
mon piano. C'est un piano droit, sans doute? Dis
donc, papa? répéta la jeune fille, impatiente du
silence de son père.

—Oui... Non, répondit-il avec embarras. C'est-
à-dire, ma chère petite, que je ne l'ai pas encore
acheté.

— Pas encore! s'écria Marguerite d'un ton de
mécontentement. Comment! j'arriverai et je ne

trouverai pas mon piano ! C'est la seule chose dont j'avais bien envie, et tu n'y as pas pensé !

— Je... je n'avais pas l'argent nécessaire, ma pauvre enfant !

— Je croyais, dit Marguerite sèchement, qu'à défaut de naissance vous aviez de la fortune !

— Hélas ! tu te trompais... Mais sois tranquille, ma chérie, s'empressa-t-il d'ajouter ; tu ne manqueras de rien, tu verras comme ta chambre est jolie ! Je n'y ai rien épargné, jour de Dieu ! Elle est blanche et bleue ; je sais que tu l'aimes, le bleu ; il y a de beaux rideaux, un tapis semé de roses... Tu y trouveras aussi force héliotropes et résédas. Dis encore, méchante fille, que je n'ai pas pensé à toi !

Marguerite s'efforça de sourire ; mais une sorte d'inquiétude se peignit encore sur ses traits. Pour la distraire, M. de Buffe reprit avec enjouement :

— Mais, à propos, est-ce pour se moquer de moi que ton amie intime m'a décoré du titre de colonel ?

Marguerite rougit... Ce fut à son tour d'essayer de distraire son père, tout en répondant :

— Je ne sais... Une erreur, sans doute.

Puis elle parla d'autre chose.

On arriva à Paris. Marguerite aurait bien voulu y passer quelque temps, mais son père, malgré toute sa faiblesse pour les caprices de sa fille, fut obligé de lui refuser cette jouissance peu en rapport avec ses moyens. Ils n'y passèrent donc que deux jours. Le troisième, ils prirent place dans une des voitures du chemin de fer, Marguerite boudant un peu, son père soupirant et se demandant si, en faisant donner à sa fille une éducation brillante, il ne s'était pas trompé sur les moyens de la rendre heureuse, et s'il n'eût pas mieux valu lui donner chez lui les qualités du travail et de l'économie, avec des habitudes simples et religieuses, que de risquer de lui donner, avec de la science et des talents, le mépris de la classe où elle était née.

Pendant que le père et la fille sont livrés à leurs réflexions, jetons un regard rétrograde vers leur passé, et apprenons à nos jeunes lectrices les antécédents de la famille Dubuffe, et non pas de Buffe.

la boutique, la balayait, la rangeait, plaçait les
objets de la devanture, essuyait les carreaux,
frottait les balances ; puis, il attendait l'arrivée
de sa mère et sentait son jeune cœur battre de
joie, quand elle lui avait dit : « C'est bien, mon
« garçon. »

Le commerce des Dubuffe prospérait, la boutique promettait de devenir magasin, et l'on aurait fait de belles économies, sans les prodigalités
et les dépenses sans cesse renaissantes de Mme Dubuffe pour son fils aîné. Martin était sorti du col-
lége ; il avait désiré faire son droit et avait obtenu de sa faible mère la permission d'aller à
Paris, pour travailler à ses examens. Il va sans
dire qu'il n'y travaillait pas et ne se donnait nul
souci de suivre les cours de droit. En revanche,
il se liait avec plusieurs mauvais sujets et faisait
force dettes. De temps en temps, il écrivait à sa
mère qu'il lui fallait de l'argent pour passer un
examen. Il en obtenait aussitôt ; car la pauvre
femme aurait plutôt douté d'elle-même que de la
parole de son fils ; elle empruntait elle-même
pour satisfaire à ses exigences, et criait plus fort
que son mari, quand il voulait lui faire la moindre observation. Un jour, jour terrible ! elle re-

çut une lettre de Martin. Il était en prison pour
dettes. Trop coupable pour atténuer ses torts, il
les avouait tous, implorait le pardon de ses parents et montrait le repentir le plus vif de les
avoir trompés.

Mme Dubuffe, dans le premier mouvement de
son juste ressentiment, voulait abandonner son
fils ; mais M. Dubuffe et Pierre intercédèrent en
sa faveur ; puis, bientôt, l'amour maternel repre-
nant le dessus, elle ne put supporter l'image de
son fils dépérissant dans une triste prison. On
dégarnit la boutique pour faire de l'argent, on
usa de la ressource des billets ; car M. Dubuffe
était connu pour sa probité, et sa signature avait
tout crédit ; bref, on envoya à Paris 6,000 fr. qui
libérèrent le jeune prodigue. Il revint à la maison
paternelle, si pâle, si défait, que personne n'eut
le courage de lui adresser un seul reproche. Six
mois après, Martin atteignait vingt et un ans. Il
tira à la conscription et amena un mauvais nu-
méro.

Dire la douleur, le tourment de sa mère, est
impossible.

— Lui soldat ! disait-elle en gémissant ; il ne
vivra pas deux mois ! Je ne l'ai sauvé à son re-

tour de Paris qu'à force de soins. Il est perdu, s'il faut qu'il supporte les fatigues, la nourriture grossière, les marches forcées auxquelles les soldats sont astreints !

Pierre écoutait en silence les lamentations de sa mère. Tout à coup son parti fut pris.

— Ne pleurez pas, dit-il, j'ai trouvé un moyen de vous conserver Martin.

— Toi ! et lequel ? s'écria la mère, partagée entre le doute et l'espérance.

— Je partirai à sa place. Mon frère a renoncé à être avocat, il vous aidera dans votre commerce, et il vous suffira. Puisse-t-il, ajouta le pauvre Pierre, en s'attendrissant malgré lui, vous aimer comme votre fils Pierre, qui partira sans regret, si vous l'assurez de votre souvenir et de votre amour !

A ces derniers mots, au regard qui les accompagna, Mᵐᵉ Dubuffe fondit en larmes, et, ouvrant ses bras à son fils, qui s'y précipita, elle le serra contre son cœur. Un instant elle eut la pensée de refuser ce sacrifice ; mais Pierre, qui pensait réellement que la vie de son frère était en jeu, insista et obtint aussi, quoique plus difficilement, le consentement paternel.

Il quitta Amiens, et alla rejoindre à Strasbourg le régiment auquel il était incorporé.

Nous passerons rapidement sur sa vie militaire. Pierre avait des habitudes fort paisibles ; il n'était pas soldat par choix ; cependant il fit bravement plusieurs campagnes. Il recevait quelquefois des nouvelles de ses parents. Les premières furent heureuses. Les lettres de sa mère lui marquaient plus de tendresse qu'elle ne lui en avait jamais montré ; son frère Martin, continuant à être sans goût pour le commerce, avait été placé comme clerc chez un notaire et s'y conduisait bien. Tels furent les renseignements que lui apportèrent les premières lettres de sa mère ; mais, après un certain temps, elle se plaignit de la conduite dissipée d'un fils toujours tendrement chéri. Enfin, Pierre était resté une année entière sans lettre d'Amiens, lorsqu'il lui en arriva une qui le navra d'épouvante et de douleur ; elle était de son père. L'épicier lui apprenait qu'à la suite d'un abus de confiance commis par Martin, abus qui avait été découvert et pour lequel il allait être soumis à toute la sévérité des lois, ce coupable jeune homme s'était donné la mort.

Mᵐᵉ Dubuffe n'avait pas pu résister à un si cruel événement ; sa santé, déjà altérée par les chagrins que son fils lui avait causés, s'était tout à fait dérangée, et elle était morte au bout d'un mois, déplorant la faiblesse maternelle qui lui avait fait élever si mal un de ses enfants. M. Dubuffe ajoutait que, pour sauver son nom de toute tache et restituer ce que son malheureux fils avait dérobé, il allait vendre son fonds d'épicerie et se remettre à travailler chez les autres.

Aussitôt que Pierre eut reçu cette désolante lettre, il envoya à son père le peu d'économies qu'il possédait. Il aurait bien voulu aller le voir ; mais il ne put parvenir à obtenir un congé, et l'année suivante il apprit la mort de l'ancien épicier.

III.

Bien des années s'écoulèrent ensuite jusqu'au moment où Pierre, ayant obtenu sa retraite, revit sa ville natale. Il y rapportait des blessures à peine cicatrisées, une épaulette et la croix des braves, que l'empereur lui-même avait attachée sur sa poitrine.

Pierre n'était pas seul. Il avait épousé une jeune Allemande qui le rendit père et le laissa veuf au bout de quelques années.

Alors se développa chez le pauvre soldat une

admirable entente d'amour paternel et maternel tout à la fois. Ne voulant confier à personne sa petite fille, trésor fragile qu'il semblait craindre qu'un souffle de vent ne lui enlevât, Pierre Dubuffe se fit bonne, se fit domestique; il fut tout pour cette enfant, qui accepta ce dévouement avec l'égoïsme naïf de son âge, sans s'en douter. Pendant le sommeil de l'enfant, il écrivait des rôles de contributions ou copiait de la musique, toujours infatigable pour procurer quelques douceurs de luxe à son idole, ayant des chansons et de tendres paroles pour accueillir son réveil. Du vivant de sa femme, qui était travailleuse et économe, l'ancien soldat avait pu racheter la petite maison du faubourg où il était né. Ce n'avait pas été une petite joie pour lui de reprendre possession de cet humble toit auquel se rattachaient tous ses souvenirs d'enfant et d'adolescent. Un petit jardin lui fournissait des légumes et quelques fleurs, et de plus de l'air et de l'espace pour sa fille, qui y prenait ses ébats du matin au soir.

L'enfant grandit ainsi, à la garde de Dieu et de son père. Elle devint belle, forte, résolue, et, il faut bien l'avouer, despote à l'excès envers ce-

lui qui satisfaisait tous ses caprices. Pour voir
cette jeune et fraîche figure toujours illuminée
par un sourire, Pierre aurait passé par le feu et
par l'eau. La faiblesse et le dévouement étaient
dans sa nature. Jeune, il avait obéi à sa mère et
s'était dévoué pour son frère ; plus tard il avait
obéi passivement à ses chefs; à présent il se sou-
mettait à sa fille aussi complétement. Sans ambition pour lui, il rêvait pour elle l'avenir le plus
merveilleux; les châteaux en Espagne ne lui suf-
fisaient pas ; il bâtissait les siens au Pérou, au
milieu d'une mine d'or, faisant en imagination de
la vie de Marguerite un pêle-mêle de fleurs et de
diamants, de richesses et de bonheur.

L'excès est nuisible, même dans les sentiments
les plus naturels. Il a pour résultat infaillible de
fausser le jugement en interposant entre lui et
les événements ou les idées comme un bandeau
qui nous rend partiaux à notre insu et nous sou-
met à la direction de nos propres impressions
plutôt qu'aux conseils de l'équité.

Pierre Dubuffe aimait sa fille follement, et l'excès de sa tendresse eut pour effet d'aveugler sa
raison sur la question la plus importante pour
lui : l'éducation qu'il convenait de lui donner. Il

crut que plus il pourrait l'élever haut, lui donner des talents, de la science, de belles manières,
plus elle serait heureuse. Il ne réfléchit pas un
seul instant sur les inconvénients qui résulte-
raient d'une éducation au-dessus de sa position,
et dont le moindre était de se voir peut-être un
jour, pour prix de ses sacrifices, méprisé par celle
qui en était l'objet. Il ne se demanda pas ce qu'elle
ferait de ses talents d'agrément, lorsqu'il lui faudrait, au retour de sa pension, faire le dîner de son
père et le sien, faute de pouvoir payer une cuisi-
nière ; ou bien, si cette pensée se présentait à son
esprit, c'était d'une manière fugitive et dans un
avenir si éloigné, que c'était folie d'y songer.

Pierre pouvait réaliser son désir le plus cher:
la noble institution de Saint-Denis ouvrait ses
portes à la fille du soldat décoré ; il fit les démar-
ches nécessaires; elles furent couronnées de succès
et il obtint l'admission de Marguerite. C'était
alors une jolie petite fille de dix ans, bien blonde,
bien rose, bien blanche, et la meilleure enfant
qui fût au monde. Elle chérissait son père et se
laissait gâter par lui à plaisir. Son cœur était généreux, elle annonçait les plus heureuses qualités
en même temps que sa précoce intelligence et la

2

vivacité de son esprit faisaient présager des succès dans toutes les études auxquelles elle se livrerait.

Quand il se sépara de sa fille, il sembla au brave soldat qu'il mesurait pour la première fois l'étendue de son sacrifice. Vivre sans son enfant, comment y parviendrait-il? Le cœur déchiré, il la conduisit à sa destination et la quitta en pleurant. Marguerite aussi marquait une vive douleur de le quitter; mais elle était fière, résolue, et quand elle s'aperçut que, parmi ses compagnes, les unes n'accordaient aucune attention à son chagrin, les autres la regardaient d'un air railleur, ayant l'air de trouver qu'elle faisait de laides grimaces, elle se tut et réserva ses larmes pour le moment où elle ne serait plus contrôlée. Puis elle se consola. A cet âge, les impressions sont si fugitives!

IV.

Quelle fut, pendant les huit années qui suivirent, la vie de M. Dubuffe? Ce sera facile à dire.

Se privant de tout, il réussissait à mettre chaque année de côté une petite somme dont il faisait trois parts. La première suffisait à ses besoins, la seconde s'ajoutait à ce qu'il appelait sa réserve, la troisième lui fournissait de quoi faire deux fois par an le voyage de Saint-Denis. Il trouvait encore là-dessus le moyen de faire à Marguerite quelque cadeau qui flattait la jeune fille. C'était une bague, ou une épingle, ou quelque autre petit bijou. Les premiers mois de son retour de ces voyages annuels se passaient pour lui à se réjouir d'avoir vu sa fille, à se rappeler ses moindres paroles, à s'enorgueillir de ses succès. Il songeait avec délices à sa jolie figure, à son air heureux. Il vivait trois mois de ces souvenirs. Le quatrième il s'éveillait avec la pensée qu'il la reverrait bientôt, et à chaque jour qui tombait dans le passé il se disait avec joie : « En voici un de moins! »

Une fois, une brûlure qu'il se fit à la main droite l'ayant empêché de travailler pendant plusieurs semaines, et comme il ne voulait pas que sa *réserve* s'en ressentît, il fit à pied son voyage accoutumé, disant qu'il fallait que ses jambes payassent pour ses mains.

M. Dubuffe sortait peu. Il vivait bien avec ses voisins, et voyait quelquefois d'anciens compagnons d'armes, retraités comme lui. Le dimanche seulement il se permettait avec eux la dépense d'une demi-tasse, au café du coin. Il lisait ce jour-là des journaux pour toute la semaine. Une personne, cependant, vivait dans une intimité assez étroite avec l'ancien militaire; c'était une vieille

femme, sa plus proche voisine. Catherine Godard
était ouvrière en linge. Elle avait connu Mme Dubuffe et l'avait aimée autant qu'elle pouvait aimer ; elle l'avait soignée dans sa dernière maladie comme une mère soigne sa fille et avait montré à sa mort plus de chagrin qu'on ne la croyait
susceptible d'en éprouver pour un événement
qui ne la touchait pas. Raide dans ses relations,
atrabilaire dans son humeur, Catherine joignait à
ces traits peu aimables une avarice sordide. Ma-
riée de bonne heure à un ouvrier maçon, elle
avait été très-malheureuse. La paresse et l'incon-
duite de son mari avaient amené la gêne et les
privations dans son ménage. En vain Catherine
s'était efforcée courageusement et en travaillant
du matin au soir, de subvenir aux besoins de leur
existence commune. Ce qu'elle gagnait pour avoir
du pain, l'ouvrier le lui volait pour acheter de
l'eau-de-vie. La punition de Dieu ne se fit pas
attendre. Un jour qu'à moitié ivre, Godard était
monté sur un échafaud, le pied lui manqua, et il
tomba d'un quatrième étage dans la rue. Quand
on le releva, il expirait. Sa veuve n'avait pas
de quoi le faire enterrer. Elle eut recours à son
voisin Dubuffe, qui, toujours bon, toujours ser-

viable, lui prêta une petite somme qu'il crut bien
lui donner, sûr qu'il croyait être qu'elle ne pourrait jamais la lui rendre. Mais il se trompait ; à
sa grande surprise, Catherine la lui rapporta au
bout de trois mois. Le bruit courut qu'elle venait
de faire un héritage inattendu ; mais, comme Catherine nia le fait et travailla plus que jamais, on
pensa s'être trompé.

A l'époque du retour de Marguerite de Saint-
Denis, Catherine, dont les yeux fatigués se refu-
saient à un travail de couture assidu, avait rem-
placé ce moyen d'existence par un autre : elle
faisait des ménages, et entre autres celui de Pierre
Dubuffe, qu'elle paraissait affectionner, bien que
par suite d'une longue habitude, elle ne pût se
dispenser de le gronder souvent. Elle faisait,
comme nous l'avons dit, son ouvrage moyennant
3 fr. par mois, sans la nourriture. Le vieux soldat préparait lui-même son repas. Il n'en faisait
qu'un par jour ; l'autre il le passait sous silence,
mordant un morceau de pain avec du fromage
quand il avait faim, et remerciant Dieu avec un
cœur plus reconnaissant que bien des riches à qui
il envoie le luxe et l'abondance des mets.

V.

Nous avons raconté la vie de Pierre Dubuffe
pendant la longue solitude à laquelle il s'était con-
damné ; nous ne parlerons pas de celle de Marguerite pendant ce même espace de temps. Chacun sait à peu près ce que peut faire une jeune
fille à Saint-Denis. Elle écrit, elle lit beaucoup,
et devient parfois savante dans les arts d'agrément comme dans les sciences; son esprit se forme
enfin... Quant à son cœur, quant à son âme, ils
vont où leurs instincts les poussent. Heureuses cel-

les qui sortent pures d'imagination! heureuses les
nobles de ne pas trop envier les riches, et les riches
de ne pas trop envier les nobles! Heureuses celles
qui ne font ni l'un ni l'autre et qui n'en conçoi-
vent pas de jalousie ou que le démon de l'orgueil
ne pousse pas alors à dissimuler un nom roturier
et à feindre la fortune qu'elles ne possèdent pas !
Ces défauts qui sont facilement reconnus et cor-
rigés dans un pensionnat ordinaire, où la direc-
trice peut s'occuper spécialement de chaque élève
et en être comme la mère, ces défauts doivent
passer inaperçus dans une institution qui comprend un si grand nombre d'élèves par classe,
et où l'on ne peut guère s'occuper que de ce que
j'appellerais l'éducation visible.

On a pu juger par quelques mots prononcés
dans la cour de Saint-Denis par l'amie de Marguerite, que celle-ci, entourée de jeunes filles riches et titrées, n'avait pu résister au désir de se
faire passer pour leur égale. Elle avait, de son
chef, gratifié son père de la double épaulette à
graine d'épinards, et, de plus, son nom plébéien
Dubuffe avait été adroitement scindé pour revêtir une apparence aristocratique.

Quant à la position pécuniaire de son père,

Marguerite l'ignorait, ou plutôt elle n'avait pas pris la peine d'y réfléchir. Elle savait qu'il n'était pas riche; mais elle ne le croyait pas pauvre. Que de déceptions l'attendaient dans sa ville natale et dans cette petite maison que Pierre avait, cependant, ornée pour elle avec tant de soins et d'amour!

VI.

Deux mois se sont écoulés. Marguerite s'ennuie dans sa petite chambre bleue si solitaire, elle songe à cette vie bruyante et animée de Saint-Denis ; elle compare son jardin d'Amiens si exigu, avec son carré de choux et son unique sentier bordé de buis, à ces grandes et belles allées ombragées par des tilleuls à la fleur odorante, ou par des acacias qui laissent pendre de longues grappes blanches et roses au milieu de leur feuillage léger. Elle songe à ses compagnes, dont le

silence l'étonne, elles qui devaient lui écrire si
souvent et qui ne lui ont pas répondu ; elle pense
même avec regret à ses études, que suivaient
toujours des succès mérités et qui la comblaient
de joie. Marguerite était instruite ; elle possédait
plusieurs langues ; la nature l'avait douée du gé-
nie musical, elle aurait pu charmer sa solitude
actuelle par ses talents et se préserver de l'ennui
par l'occupation ; mais Marguerite jusqu'alors
avait fait fort peu de réflexions sérieuses. Elle
avait appris plus par amour-propre et pour être
citée que par envie véritable de savoir. Elle croyait
que la science n'était de mise que dans le monde,
avec un auditoire qui applaudit et qu'on étonne ;
elle en faisait comme un vêtement de parade
qu'on ne met qu'à certains jours. L'expérience
et la réflexion devaient plus tard lui apprendre
que l'étude nous est donnée comme un moyen de
devenir meilleurs, d'agrandir la pensée, d'élever
l'âme et de nous suffire à nous-mêmes. Lorsque,
à l'aide de la mémoire et du jugement, nous pou-
vons reconstituer les siècles passés, entendre les
poëtes, relire les historiens, vivre en quelque sor-
avec les grands hommes de l'antiquité, par le
souvenir de leurs nobles actions, la solitude se

trouve peuplée, l'ennui éloigné, et l'on se déshabitue de ne songer qu'à soi ou aux choses qui y
ont rapport, égoïsme qui rapetisse la pensée en
la restreignant dans un cercle étroit. Marguerite
avait rejeté avec dédain la proposition faite par
son père de renouer connaissance avec deux jeunes filles, ses voisines, qu'elle avait connues et
aimées dans son enfance. Orgueilleuse comme
elle l'était, il lui en aurait trop coûté de paraître
jiée avec les filles d'un petit boulanger, et elle
aimait mieux s'ennuyer toute seule que d'essayer
de s'amuser en compromettant sa dignité d'élève
de la maison royale. M. Dubuffe se désolait de
l'air de tristesse de son enfant chérie. Il la menait promener chaque jour ; il lui donnait tout
le temps dont il pouvait disposer ; mais il n'y avait
pas moins bien des heures dans la journée où la
jeune fille restait livrée à elle-même ; car il fallait
que Pierre travaillât double à présent qu'il n'é-
tait plus seul, et souvent il dérobait au sommeil
la moitié des nuits pour subvenir à l'accroisse-
ment de dépenses qu'occasionnait le retour de
Marguerite. Ce retour et la retraite dans laquelle
la fille de Pierre vivait, avaient souvent été le
texte des conversations du faubourg. On s'était

d'abord réjoui, puis étonné, puis enfin chacun
avait déclaré que Marguerite était une malhonnête, une impolie qui ne daignait ni visiter ses
voisines, ni même les saluer.

— Et cependant, disaient quelques marchands
de la rue du Faubourg-de-Beauvais, nos filles la
valent bien, cette duchesse de quatre sous qui se
pavane dans de beaux chapeaux, de belles robes,
mange des petits gâteaux et boit du vin, tandis
que son père se met au pain et à l'eau, sous prétexte que les pâtisseries lui font mal à l'estomac
et qu'il n'aime pas le vin. Au moins, nous, si
nous sommes obligés de bien travailler, nos filles
nous aident toute la semaine ; puis, vienne le
dimanche, elles nous réjouissent le cœur par leurs
yeux, leurs rires et leurs chansons. Ce n'est pas
comme cette pimbêche qui fait la moue à son
père parce qu'il ne peut pas lui faire rouler car-
rosse, et qui devient tous les jours plus jaune.

Ces discours furent répétés plusieurs fois avec
variantes ; les bourgeoises du quartier, dont Marguerite avait dédaigné les avances, y applaudis-
saient ; les jeunes ouvrières enchérissaient sur ces
accusations ; la fille de Pierre finit par passer
pour une jeune personne remplie de défauts

graves et commettant journellement trois péchés
capitaux : l'orgueil, l'envie et la paresse. Cela
devait, disait-on, la mener à tous les vices.

Pauvre Marguerite! voilà comme elle était ju-
gée, elle cependant dont le cœur était bon, l'âme
noble et susceptible des sentiments les plus dé-
voués et les plus délicats. Tant il est vrai qu'il
ne suffit pas d'être bonne, mais qu'il faut aussi
le paraître. La bonté doit être active, elle doit
s'exercer sans cesse à produire quelque bien.
La vertu accompagnée de mauvaise humeur
et de tristesse sans motif est une vertu pâle et
sans agrément ; elle n'est pas d'un bon exemple ;
car on ne se sent aucune envie de l'imiter. Il
faut donc s'appliquer à la rendre fructueuse en
la rendant aimable.

Marguerite justifiait, jusqu'à un certain point,
les accusations dont elle était l'objet. Voyant
dans son père son premier esclave, elle recevait
tous les petits services qu'il s'empressait de lui
rendre comme une chose due. Le peu d'attention
qu'elle apportait autour d'elle, l'empêchait de
remarquer qu'il remplaçait à peu près une domestique. Se levant à neuf heures, l'insoucieuse
jeune fille ne s'enquérait pas de savoir comment

se faisait la besogne de la maison et qui en rétablissait chaque jour l'ordre et la propreté. En effet, debout dès cinq heures du matin, M. Dubuffe, son bonnet de coton sur l'oreille, prenait le balai et appropriait tour à tour la salle à manger, unique chambre du rez-de-chaussée, et sa chambre à lui, où il couchait et travaillait. Il arrosait son jardin, si c'était nécessaire, préparait le couvert, plaçait sur la table le déjeuner, qui consistait ordinairement en un morceau de viande froide, du fromage et des fruits. En attendant que sa fille voulût bien descendre pour ce repas, Pierre avalait à la hâte un morceau de pain, buvait un verre de bière, boisson qu'à Amiens on se procure à raison de six liards la bouteille; puis il courait s'installer à sa table de travail, devant ses registres, et n'en bougeait que quand Marguerite, sortie de sa chambre, venait lui offrir son front à baiser et lui dire négligemment : « Bonjour, cher père. » Et néanmoins, ce bonjour, si froid qu'il fût, comblait de joie l'ancien soldat; si Marguerite daignait y joindre un sourire, il avait du bonheur pour sa journée; mais l'ingrate ne donnait pas souvent à son père le plaisir de la voir joyeuse ; sans y songer, elle blessait sans cesse ce cœur dévoué par les comparaisons qu'elle faisait de sa vie passée avec sa vie présente, comparaisons tout à l'avantage de la première. Elle ne trouvait rien de beau ni de bon dans son pays natal. Elle voyait et exagérait la boue, l'humidité du climat, la sécheresse des paysages d'alentour ; mais elle méconnaissait l'industrie de cette cité travailleuse, la beauté et la richesse de ses nombreuses fabriques. Elle ne remarquait la cathédrale, ce chef-d'œuvra gothique, que pour la mettre bien au-dessous de la basilique de Saint-Denis, et la belle promenade de la Hautoye avec ses ombrages majestueux, ses tapis de gazon, son lac, son chalet, lui paraissait fort insipide. Elle lui préférait de beaucoup les boulevards. Là, dans les jours d'été, se réunit le beau monde d'Amiens. Marguerite disait que c'était le seul endroit de la ville qui sentît un peu Paris. Quand elle parlait ainsi à son père et en tête-à-tête, elle avait beau jeu : il se serait bien gardé de la contredire ; mais quand elle tenait ces discours devant Catherine, celle-ci, malgré les coups d'œil suppliants de M. Dubuffe, trouvait, pour se moquer de la jeune fille, des mots si piquants dans leur justesse, que Marguerite, outrée, se taisait et redoublait de morgue. Elle avait bien essayé de faire ren-

voyer la femme de ménage ; mais sur ce point
seulement elle n'avait pas trouvé son père dis-
posé à la satisfaire. Il savait fort bien qu'il n'aurait pas trouvé à faire faire son marché, son
dîner et son ménage, pour 3 francs par
mois, et Catherine se contentant d'une si
faible rétribution, Catherine logeant tout près de
lui, toujours disposée à lui rendre un service, à
faire une commission pour sa fille, lui était trop
précieuse pour qu'il la renvoyât. Aussi faisait-il
son possible pour mettre la paix dans les deux
camps ennemis. Il racontait à sa fille les derniers
instants de sa mère adoucis par le dévouement
de Catherine, qui l'avait soignée, aimée comme
si elle eût été son enfant. Il rappelait les mêmes
choses à la vieille femme revêche, et voyait alors
ses yeux se mouiller. L'épiderme seul était cui-
rassé chez elle, mais le cœur était bon. Elle aimait Marguerite au fond, parce qu'elle avait
aimé sa mère, parce qu'elle l'avait fait elle-même
sauter tout enfant sur ses genoux ; mais elle
haïssait ses défauts, la trouvant avec raison
égoïste et orgueilleuse ; elle l'aurait voulue parfaite et ne lui pardonnait pas de ne pas l'être.

VII.

Il était encore une personne qui s'intéressait à notre héroïne : c'était une ancienne compagne de ses jeux d'enfant, la fille du boulanger dont la boutique touchait la maison de M. Dubuffe. Claire, c'était son nom, était aussi disgraciée de corps qu'elle était intelligente et distinguée d'esprit. Longtemps sa santé chétive l'avait empêchée de travailler. On avait conseillé, pour elle, l'air de la campagne. Ses parents, qui l'aimaient pour son caractère doux et soumis, s'étaient décidés à

la confier à une communauté religieuse, près
d'Amiens. Claire y avait vite fait la conquête de
la supérieure, femme jeune et belle encore, d'une
naissance élevée, d'une éducation distinguée, et
à qui de profonds chagrins avaient donné le dégoût du monde. Elle apprécia promptement les
bons instincts de Claire et se plut à orner de toutes
les connaissances qu'elle-même possédait, cette
âme d'élite qu'entourait une si fragile enveloppe.
Elle lui communiqua son enthousiasme religieux;
elle chercha surtout à la rendre bonne et compatissante, indulgente pour les autres, sévère pour
elle-même. Claire avait profité de ses précieuses
leçons. Aussi, lorsque, de retour chez ses parents,
elle eut passé quelque temps auprès d'eux, fut-
elle chérie et révérée de tous ceux qui l'appro-
chaient. Elle cachait si bien sa supériorité, que
les natures communes avec lesquelles elle était
en contact n'en éprouvaient jamais de gêne et
d'embarras. On disait simplement d'elle : « C'est
« une bonne enfant; » mais on la recherchait, les
mères recommandaient à leurs filles de la voir
souvent; jeunes et vieux aimaient à causer avec
elle, parce que, s'oubliant toujours, elle ne parlait que de ce qui pouvait intéresser les autres.

Quelquefois elle racontait ; sa parole, qu'insensi-
blement elle faisait chaleureuse et animée, cap-
tivait ses auditeurs ; elle flétrissait le mal de tant
de mépris, elle parlait de la vertu avec tant de
douceur et de charme, qu'on revenait meilleur
après l'avoir écoutée. Son influence salutaire n'agit
pourtant que bien à la longue sur une sœur plus
jeune qu'elle de deux ans. Si Claire suivait le
précepte de l'Evangile en rendant le bien pour
le mal, sa sœur Thérèse avait adopté tout aussi
fidèlement la maxime : Œil pour œil, dent pour
dent. D'une nature commune et qu'aucune leçon
fructueuse n'avait encore bonifiée, elle jalousait
les jeunes filles mieux mises qu'elle, répondait
mal à sa mère, qui la gâtait, travaillait souvent à
contre-cœur, trouvait un plaisir immense à toutes
sortes de commérages et de cancans, enfin, elle
avait, en parlant, cet organe un peu criard et
cette volubilité qui sont la marque d'un manque
d'éducation. On comprend que Claire et Thérèse,
étant si différentes, ne purent rester unies que
grâce au bon caractère de la première et à son désir
extrême de corriger sa sœur ; il lui fallut toute
sa patiente et persévérante bonté pour continuer
cette tâche ; encore n'en fût-elle jamais venue à

bout si Thérèse eût été jalouse d'elle ; mais la
pauvre Claire, dont la taille était horriblement
déviée et le visage empreint de mélancolie et de
souffrance, ne lui semblait qu'un objet digne de
pitié ; légère et frivole, mais capable de mouve-
ments généreux, elle se sentait impatientée des
remontrances de Claire, quelque douces qu'elles
fussent ; si ses lèvres étaient prêtes à murmurer
une réponses injurieuse, elle regardait sa sœur,
et sa colère s'évanouissait devant cet ensemble si
chétif et si doux.

Marguerite Dubuffe était donc en ce moment
un sujet de discussion entre les deux sœurs.

— C'est une pimbêche, s'écriait la plus jeune
avec pétulance. Hier encore, elle a passé devant
moi, donnant le bras à son père. M. Dubuffe m'a
saluée honnêtement comme il le fait toujours ;
mais mademoiselle a détourné la tête comme si
elle se trouvait déshonorée de me connaître.
Quand elle était petite, elle n'était pas si fière ; elle
courait au-devant de moi et m'embrassait comme
du pain ; elle jouait toute la journée avec nous.

— Qu'est-ce que cela prouve ? repondit Claire.
Que Marguerite, lorsqu'elle était toute jeune
et livrée à ses instincts, était bonne et naturelle.

Elle serait restée ainsi sans doute, si son père n'avait eu la malheureuse idée de lui faire donner une éducation au-dessus de sa position. Elevée comme l'égale de tant de jeunes filles de haute naissance, elle ne peut supporter la pensée de descendre, dans ses relations, jusqu'à des ouvrières ; c'est de l'orgueil, c'est un sentiment condamnable sûrement ; mais qui le lui a inspiré ? Est-ce sa faute si elle s'est trouvée placée pendant plusieurs années de manière à accueillir des pensées du monde et de vanité qui la rendent probablement malheureuse à présent ? Puis, vois-tu, d'un côté je comprends Marguerite de ne pas se lier avec nous ; car si elle n'a pas sur nous l'avantage frivole de la naissance, elle a celui plus réel, plus incontestable, d'une éducation distinguée, de talents supérieurs.

— Elle peut dire cela pour moi, interrompit vivement Thérèse ; je n'ai pas reçu d'éducation, moi ; je sais lire, écrire, un peu compter, voilà tout ; mais toi, ma sœur, je suis sûre que tu es mille fois plus savante qu'elle. Est-ce que cela t'empêche d'être bonne et simple ?

— Ah ! dit Claire, sais-je si, à la place de Marguerite, je ne serais pas pis qu'elle ? Elle n'a pas

eu comme moi le bonheur d'avoir un ange gar-
dien auprès d'elle. Si je vaux quelque chose,
c'est à l'excellente mère Marie que je le dois.

— Tu m'impatientes avec ta modestie ! Tu as
beau faire, je déteste notre voisine, et le jour où je
pourrai le lui prouver, je serai trop contente.

— Thérèse ! fit Claire avec sévérité.

L'enfant mutine baissa la tête et se sauva pour
échapper à la morale qu'elle prévoyait.

VIII.

Plusieurs mois s'étaient écoulés depuis le retour de la jeune pensionnaire. L'hiver disparu peu à peu, laissait les arbres se revêtir de verdure et de fleurs. La nature ressemblait à une bonne mère qui n'a que des pensées d'amour et de joie pour ses enfants; mais c'était en vain que le petit jardin de Marguerite se faisait coquet et étalait des fleurs de toute nuances devant son indifférente maîtresse; elle le dédaignait et ne s'apercevait même pas des soins que Catherine lui prodiguait pour le faire bien beau, bien odorant. M. Dubuffe s'était beaucoup fatigué au travail; car il avait voulu que Marguerite pût rester dans sa chambre quand elle voudrait; pour cela, il avait fallu acheter une corde de bois de plus. De longues veillées de chiffres avaient dû la payer, et la santé de M. Dubuffe avait fini par se ressentir de cet excès de travail; il s'apercevait avec effroi qu'après un certain temps consacré à ses chiffres, sa tête s'alourdissait, sa vue se troublait; il était obligé de s'appuyer le front dans ses deux mains et de rester ainsi quelques minutes avant de reprendre son travail. Bientôt ces symptômes devinrent plus graves, sans que le pauvre père y accordât d'autre attention que celle qui provenait de la crainte de se voir bientôt incapable d'une occupation suivie. Pendant qu'il se livrait là-dessus à de tristes réflexions, Marguerite était en proie à des pensées d'un tout autre genre. Un quart d'heure auparavant, le facteur avait apporté une lettre pour elle. Reconnaître l'écriture de Mlle de Vernes, décacheter à la hâte et jeter, en lisant, des exclamations de joie, ne fut pour l'heureuse fille que l'affaire d'un instant. Voici ce que lui disait son ancienne compagne :

« Ma chère Marguerite,

« Je t'ai bien négligée depuis quelques mois; je n'ai pas répondu à tes deux dernières lettres; mais tu m'excuseras, j'en suis sûre, quand tu sauras le nombre et l'importance de mes occupations depuis que j'ai quitté la maison royale.

Ma mère a cru qu'un hiver passé à Paris était le
complément obligé de mon éducation, et, pour
me mettre à même de figurer brillamment dans
les salons, j'ai dû, pendant un grand mois, courir les magasins, voir les couturières, les modis-
le plus en renom, et ne me reposer qu'en me
voyant à la tête d'une douzaine de toilettes con-
venables à la fille d'un pair de France. Ensuite,
j'ai pris des leçons de valse à deux temps, de
polka et de mazurka. Ce sont de délicieuses danses, ma chère ; mais on ne s'en doute probablement pas en province. Ma mère m'a présentée à
tout le faubourg Saint-Germain, qui m'a accueil-
lie à merveille. Il n'y a vraiment rien de tel que
la haute noblesse pour avoir de belles manières.
J'ai tâché de les calquer et d'en éblouir, à mon
tour, quelques familles de la magistrature dans
lesquelles ma mère, je ne sais pour quelle misérable cause d'intérêt, de prévision de procès, a
tenu à me mener. Je te dirai en confidence que
j'ai produit partout un grand effet. J'entendais
à chaque instant demander autour de moi :
Quelle est cette jeune personne si jolie et si bien
mise ? Tu comprends que j'étais flattée de la
question et que je regrettais de ne pas entendre

la réponse, qui était sans doute du même style.
Toutes nos soirées étaient prises. Quand je ne
dansais pas, j'allais au spectacle ; je me levais à
midi ; le jour se passait à faire ou à recevoir des
visites. Ma mère a bien regretté que je n'eusse
pas le temps de prendre des leçons de piano de
Konski. Il ne prend que 12 fr. par chachet, et
il est fort à la mode. Mais on ne peut tout faire à
la fois : l'hiver prochain nous nous arrangerons
de manière à trouver une heure chaque jour.
En attendant, nous allons passer l'été au château de Vernes. Tu sais, ma chère, qu'il n'est
qu'à une lieu d'Amiens. Attends-toi donc à recevoir très-prochainement ma visite, et prépare-
toi ; car je veux absolument t'enlever. J'ai
la promesse de ton père ; le colonel de Buffe ne
voudra pas, sûrement, y manquer. Quel bonheur de nous retrouver ensemble, ma chère mignonne! Tu te rappelles qu'à Saint-Denis on nous
nommait les deux inséparables. Tu étais la con-
fidente de tous mes projets, et tu vois, par cette
lettre, que je t'aime d'une amitié qui ne s'allé-
rera jamais.   BERTHE. »

Marguerite avait d'abord rapidement parcouru
cette lettre. La promesse d'une visite, la pers-

pective de quelques semaines passées avec son
amie au château de Vernes avaient excité ses
exclamations de joie. Cependant, cette satisfaction fut un peu troublée par une seconde lecture
de cette lettre qui lui avait paru d'abord si touchante de confiance et d'amitié. Il lui sembla que
Berthe, au lieu de tant lui parler d'elle-même,
aurait dû s'inquiéter aussi un peu d'elle. Ses
grandes occupations qui l'avaient empêchée de
lui répondre se réduisaient à des plaisirs qu'elle
aurait pu refuser. Une autre réflexion vint encore gâter le plaisir de Marguerite : comment
cacherait-elle à son amie que son père est pauvre et obscur ? Que dira Berthe de cette petite
maison de chétive apparence dans un faubourg,
de cette chambre si simple où elle sera reçue ?
Comment faire pour lui laisser ignorer la vérité ?
Marguerite rêve longtemps au parti qu'elle a à
prendre, et, chose singulière ! l'idée si simple de
dire la vérité est la seule qui ne lui arrive point.
Ainsi l'orgueil la menait au mensonge, tant il est
vrai que les vices se tiennent par la main. Voici
la fable qu'elle imagina. On bâtissait une fort
belle maison sur la place Saint-Denis. Cette maison appartiendrait au colonel de Buffe, et c'est

en attendant qu'elle soit finie que lui et sa fille sont venus s'entreposer dans la petite maison du faubourg, qui lui appartient également et qu'il est venu habiter momentanément pour que sa fille, dont la poitrine est un peu fatiguée, pût prendre du lait de chèvre avec plus de facilité.

Plus tard, Marguerite imaginera une fable nouvelle pour expliquer à son amie pourquoi elle n'habite pas la grande maison.... M. de Buffe aura trouvé à la vendre à un prix si magnifique que cela l'aura tenté... Au pis aller, on a la ressource de parler d'une faillite dont on a été victime et qui vous enlève une grande fortune. Puis, enfin, l'avenir n'est pas là encore, on a le temps d'y songer ! Marguerite n'aimait pas à réfléchir longtemps sur des sujets désagréables, et son jugement était faussé, parce qu'il était passionné ; car l'orgueil est une passion, et quand on raisonne avec les passions, on raisonne rarement juste ; mais on voit les choses comme on désire qu'elles soient. Ce qui rassurait aussi Marguerite, c'est que Mlle de Vernes n'habiterait jamais Amiens. Elle devait passer l'été à la campagne et l'hiver à Paris. Mes jeunes lectrices diront peut-être que, pour croire nécessaire de tromper ainsi son amie sur la position et sur la fortune de son père, il fallait que Marguerite fît bien peu de fonds sur son amitié. Elles ont raison. La jeune fille le sentait instinctivement, bien que son esprit se refusât à cette conviction. L'amitié qui n'a pas pour bases l'estime et une confiance entière justifiée par les qualités du caractère et par les vertus du cœur, n'est et ne peut être qu'un sentiment bien éphémère, qui ne mérite nullement le titre pompeux qu'on lui donne.

Marguerite montra à son père la lettre de Berthe ; le titre de colonel qui s'y trouvait donna lieu à une explication qu'elle avait prévue et à laquelle elle s'était préparée. Elle avoua, en rougissant, à son père, que Mlle de Vernes étant la fille d'un général et paraissant tenir à la naissance, elle avait élevé son père au grade de colonel pour faciliter leur liaison.

— Pardonne-moi, mon bon père, ajouta Marguerite en le caressant ; pardonne-moi, j'étais si jeune et si enfant !

— A la bonne heure, dit d'un ton mécontent M. Dubuffe ; mais aujourd'hui, ma fille, que tu n'es plus si jeune, ni si enfant, tu détruiras cette

fable. Un brave officier, n'eût-il qu'une épaulette, vaut, à mon avis, tout autant qu'un général.

— Sans doute, mon bon père, et je t'aime
mieux que tous les généraux du monde ! Mais ne
penses-tu pas que Berthe m'en voudra d'avoir
cru ce mensonge nécessaire ? Elle dira : C'était
bien mal Marguerite de compter si peu sur mon
amitié ; elle se fâchera ; car elle est fort susceptible ; elle rompra, et j'en mourrai de chagrin ;
car c'est ma meilleure amie, le plus noble cœur,
le caractère le plus parfait....

— Une perfection à laquelle tu reconnais toi-
même deux légers travers : l'orgueil et la susceptibilité. Ah ! ma fille, je crains qu'elle ne t'ait
communiqué le premier de ces défauts ! Et crois-
tu, d'ailleurs, que ce mensonge pourrait durer
longtemps, lors même que je serais ton com-
plice ? Si Mlle de Vernes vient nous voir, n'ap-
prendra-t-elle pas bien vite la vérité ?

— Et par qui ? Crois-tu que Berthe s'arrêtera
à questionner les voisins, ou qu'elle s'amuse-
ra à causer avec Catherine ? Non, non ; elle ne
peut rien apprendre que par toi-même, et tu ne
seras pas si cruel que de me faire cette peine.

— Penses-tu, dit le pauvre père, qui sentait déjà chanceler sa résolution et qui cherchait encore à paraître ferme, penses-tu que la bouche d'un soldat puisse s'ouvrir pour le mensonge ?

— Oh ! non, mon petit père. Je ne te demande pas de mentir jamais ; seulement je te supplie de ne pas interrrompre Berthe quand elle t'appelra colonel. Ce n'est pas poli d'interrompre les gens. Enfin, tiens, veux-tu que nous concluions un traité ? Nous commencerons par ma volonté et nous finirons par la tienne, c'est-à-dire que je préparerai doucement Berthe à la connaissance de la verité. Nous nous reprendrons à nous aimer comme à Saint-Denis ; car, vois-tu, nous nous sommes perdues de vue depuis huit mois, et je ne sais pas si son amitié n'a pas subi quelque altération. Quand je serai sûre qu'elle m'aime toujours, alors je lui dirai tout et je te blanchirai à ses yeux, en lui disant que tu n'as cédé qu'à mes supplications.

M. Dubuffe sentait qu'il avait tort, et cependant il céda. Quels ennuis, quels chagrins, ce père trop tendre et trop faible préparait à sa fille !

IX.

Marguerite avait repris toute la gaîté, toute la vivacité de la jeunesse. Elle arrangeait sa chambre pour la rendre digne de recevoir pour quelques heures Mlle de Vernes. Une étagère lui parut nécessaire, elle l'obtint de son père. Il fallut la garnir : son père lui proposa d'y mettre les livres de prix qu'elle avait rapportés de Saint-Denis. Elle y consentit pour les deux tablettes supérieures; mais quant à la dernière, elle devait, dit la jeune fille, n'être couverte que de chinoiseries, de petits objets en porcelaine fine ou en verre filé. M. Dubuffe contenta en soupirant le caprice de sa fille. Il fallut acheter aussi un joli chapeau, une robe nouvelle, quelques colifichets. Il était temps que Mlle de Vernes parût; car la bourse du pauvre capitaine était vide. Qu'im-

3.

porte? pensait-il. L'absence de sa fille durerait
quinze jours ; pendant ce temps, disait-il, il tra-
vaillerait beaucoup. Heureusement, se disait-il,
je n'ai pas un gros appétit ; je referai quelque argent pendant que ma fille n'y sera pas.

Marguerite avait passé l'hiver sans piano. Ce
n'avait pas été une médiocre privation; car elle
était passionnée pour la musique, et y avait réussi
mieux qu'à toute autre chose, comme généralement il en arrive de toute occupation qui plaît.
Elle était non-seulement bonne pianiste, mais
elle avait une voix charmante et bien cultivée.
Que de fois elle avait demandé à son père de lui
acheter ce meuble qu'elle jugeait de première nécessité ! M. Dubuffe, qui persistait dans le déplo-
rable système de lui cacher sa pauvreté, lui répondait d'un air riant qu'il attendait que quelque
rentrée un peu importante lui permît de mettre
un bon prix à cet instrument.

— N'aimes-tu pas mieux, disait-il, attendre un
peu et avoir un bon et beau piano, que si je t'a-
chetais aujourd'hui un clavecin de 200 fr. ?

Marguerite en convenait et prenait patience.
Elle aurait pu, en attendant, s'exercer sur un
piano qu'on avait mis à sa disposition; mais son

détestable orgueil l'avait portée à refuser ce
moyen de passer si agréablement quelques heures de la journée. Ce piano appartenait à Claire.
Cette jeune fille, comme nous l'avons dit, avait
reçu au couvent une éducation distinguée ; la supérieure, qui l'aimait tendrement, lui voyant des
dispositions pour la musique et étant elle-même
très-bonne musicienne, n'avait pu résister au
plaisir de lui enseigner ce qu'elle connaissait de
cet art. Revenue chez elle, Claire ayant dit par
hasard qu'elle jouait du piano, son père, très-fier
d'avoir une fille musicienne, se hâta de lui en
acheter un qui se trouva bon, quoiqu'acheté de
rencontre pour 300 fr. Le boulanger n'était pas
peu flatté, lorsque le soir, assis au seuil de sa boutique, il voyait les promeneurs s'arrêter sous la
fenêtre de la chambre de Claire, située au premier étage, écouter et paraître ravis de ses mé-
lodieux accords. Claire aurait bien voulu inocu-
ler à sa sœur Thérèse le goût de la musique; elle
avait essayé, mais sa patience avait échoué. Thérèse, de retour de sa journée, aimait mieux aller se promener ou faire une ronde avec ses
compagnes. Claire ne travaillait pas au dehors ;
elle avait appris au couvent à faire de la den-

telle. Comprenant qu'à sa rentrée dans une famille dont chaque membre gagnait son pain, elle devait aussi se rendre utile, elle avait réussi à acquérir un véritable talent de dentellière. Elle était connue dans le quartier et avait déjà beaucoup d'ouvrage.

Au retour de Marguerite de Saint-Denis, toute la sagesse de Claire n'avait pu l'empêcher de faire de beaux rêves. La pauvre enfant était si fort au-dessus de tout ce qui l'entourait, que souvent, à son insu, son cœur ressentait un grand vide. Elle aimait son père et sa mère de toute son âme; elle chérissait sa sœur; mais il n'y avait aucune parité entre elle et eux. C'étaient de bonnes et honnêtes gens, qui ne comprenaient rien aux délicatesses de l'âme et du langage, et ne savaient rien de la vie de l'esprit. C'était tout naturel, et Claire, grâce à l'éducation religieuse qu'elle avait reçue, savait qu'aux yeux de Dieu le savoir est compté pour rien, s'il n'est accompagné de vertus, et que celui à qui l'intelligence et l'instruction sont départies aura un plus grand compte à rendre que celui qui involontairement est resté ignorant. Aussi n'aimait-elle et ne révérait-elle pas moins ses parents: seulement elle ne pouvait s'em-

pêcher de désirer une amie qui, élevée comme
elle, la comprît mieux, et avec qui elle pourrait
causer, faire l'échange de pensées élevées, de réflexions salutaires, se montrer enfin ce qu'elle
était, intelligente et instruite. Elle avait espéré la
rencontrer dans Marguerite. Aussi avec quelle
impatience elle attendait cette compagne de son
enfance! Comme elle fut joyeuse lorsqu'elle entendit le roulement de la voiture qui l'annonçait !
Elle aurait voulu pouvoir courir sur-le-champ à
elle, l'embrasser, lui demander de l'aimer...Tout
à coup elle fut frappée de l'idée que cette belle et
élégante demoiselle pouvait être fière de son éducation brillante, et ne plus vouloir d'elle pour sa
compagne. Elle jeta aussi un regard douloureux
sur sa personne chétive et disgraciée, et poussant un soupir, elle s'ôta de la fenêtre au moment où Marguerite, descendue de voiture avec
son père, entrait dans l'allée de la maison.

Le lendemain, quand Thérèse, fort curieuse
de voir la nouvelle arrivée, lui proposa d'aller
chez elle, elle fut sur le point de refuser ; cependant elle se dit que peut-être Marguerite les
attendait, les désirait, et elle y alla avec sa sœur.
L'élève de Saint-Denis arrangeait ses chiffons

quand elles entrèrent. Les deux jeunes filles
étaient simplement mais proprement mises. Claire
s'énonçait bien. Peut-être le premier mouvement
de Marguerite eût été de bien accueillir ses amies
d'enfance, si son père ne lui eût rappelé la profession du leur, en disant :

— Ah ! voilà les filles de notre voisin le boulanger.

L'orgueilleuse enfant, ne les voyant plus qu'à
travers la farine et le son de leur père, desserra
à peine les lèvres et les traita si froidement, que
Thérèse, outrée, se leva bientôt en murmurant :
« Si on apprend quelque chose à Saint-Denis, ce
n'est pas la politesse, toujours ! » Claire jeta un
regard sévère sur sa sœur, et, se levant aussi,
prit congé tristement. Mais, en partant, toujours
bonne et obligeante, elle offrit à Marguerite la
libre disposition de son piano. « Je vous remercie, mon père m'en achètera un, » fut la réponse
qu'elle obtint.

X.

Enfin, le grand jour est arrivé. Mlle de Vernes a écrit à Marguerite, pour lui annoncer qu'elle habite le château, et que, le lendemain du départ de sa lettre, elle sera chez elle avec la femme de confiance de sa mère et sa voiture. Elle compte emmener son amie le soir même, et s'excuser de ne pouvoir lui donner que quelques instants. Elle allègue une foule de commissions dont sa mère l'a chargée, et qui l'obligent à courir les magasins à Amiens.

Marguerite ne dort pas la nuit qui précède cette journée, qu'elle appelle de tous ses vœux. Inattentive comme à l'ordinaire, elle ne s'aperçoit pas que son père n'a pas dormi plus qu'elle, mais pour d'autres causes ! Chaque jour les forces du pauvre homme déclinaient ; il s'en apercevait avec désespoir, et ses craintes hâtaient le moment où la maladie triompherait de son courage. Cependant, incapable d'affaiblir la joie de sa chère enfant par la moindre réflexion fâcheuse, heureux encore de son bonheur, il sourit à son impatience, regarda autant de fois qu'elle par la fenêtre, pour apercevoir la voiture, et parut ravi quand elle s'arrêta enfin devant la porte. Il courut avec sa fille recevoir Mlle de Vernes, et tandis que les deux jeunes personnes s'embrassaient, se faisaient mille caresses, il lisait un billet que lui remettait la femme de confiance. Ce billet était de sa maîtresse. Mme la comtesse de Vernes s'excusait auprès du colonel de Buffe de n'avoir pas pu aller elle-même recevoir de ses mains son aimable fille. De nombreuses occupations l'avaient retenue ; elle espérait que l colonel voudrait bien leur laisser Marguerite une quinzaine de jours et la venir voir, si cela lu était possible; il serait toujours le bienvenu au château, elle serait charmée de faire sa connaissance, etc.

Les deux jeunes filles étaient montées à la chambre de Marguerite, qui, grâce aux fleurs dont elle était remplie, à la blancheur des rideaux de mousseline dont les fenêtres et le lit étaient entourés, et à mille petits soins qu'avait pris sa maîtresse pour l'orner, parut très-fraîche et jolie à Berthe. Son amie se garda bien de lui faire visiter les autres pièces de la maison, et dans le soin que prit M. Dubuffe d'apporter lui-même des verres et un carafon d'orgeat, Mlle de Vernes ne vit que l'attention d'un bon père.

— Hâte-toi, Marguerite, dit-elle après avoir causé quelques instants. Ma mère nous attend pour le dîner, et il est déjà cinq heures. Madame Marion, voici la boîte de Mlle de Buffe; faites-la porter dans la voiture. As-tu encore quelque chose à prendre? Ce cabas? Allons, viens. Colonel, laissez-moi Marguerite le plus longtemps possible, et souvenez-vous que ma mère ne vous la rendra que quand vous viendrez la chercher vous-même.

En parlant ainsi à M. Dubuffe, qui s'inclinait,

embarrassé, Berthe descendait l'escalier. Tout à
coup, Marguerite, qui les suivait, dit qu'elle avait
oublié quelque chose dans sa chambre. Elle dis-
parut, priant Berthe de monter en voiture. Un
moment après, elle appela son père, qui accourut
à sa voix :

— Tu as voulu, n'est-ce pas, me dire adieu,
mon enfant ? Dans la rue on ne s'embrasse pas si
bien. Tu as eu une bonne pensée. Mon Dieu, est-
ce vrai que je vais rester quinze jours sans te
voir ? Le pourrai-je ?

— Papa, dit Marguerite avec un peu d'embarras, je ne n'avais pas songé à une chose indispensable. Quand on quitte une maison, il faut
laisser quelque chose aux domestiques, et quand
cette maison est le château de Vernes, les 10 fr.
que tu as mis dans ma bourse ne suffisent pas. Il
m'en faut au moins encore autant.

M. Dubuffe soupira. Il sortit et revint presque
aussitôt avec 15 fr. qu'il remit à sa fille. Sachant
son tiroir vide, il avait couru les emprunter à la
vieille Catherine. Marguerite les prit, embrassa
son père d'un air et d'un cœur légers, et partit.
Pendant que les deux amies de pension causent
ensemble, pendant que l'une explique pourquoi

elle et son père habitent momentanément une petite maison dans un faubourg, que l'autre fait le récit pompeux des amusements du château, profitons de notre privilége d'historien, et arrivons, avant elles, à ce château où Marguerite, abusée par l'orgueil, croit être si heureuse.

XI.

La famille de Vernes était de bonne et ancienne noblesse. Un de leurs aïeux, le premier
mis en lumière dans l'arbre généalogique, était
Jean-Godefroy de Vernes, qui avait suivi Phi-
lippe-Auguste en Palestine, et y avait conquis
de nombreux lauriers. Le comte actuel avait
suivi la carrière des armes et s'était retiré avec le
grade de général. C'était un franc et loyal
militaire en même temps qu'un homme aimable
et généreux. Résolu de passer une grande partie

de l'année à la campagne, il s'y était créé des
occupations agricoles, et inventait régulièrement
chaque année une nouvelle espèce de charrue
qu'il faisait exécuter sous ses yeux, et à laquelle,
chaque année aussi, il reconnaissait tel ou tel défaut qu'il n'avait pas prévu et qu'il devrait détruire dans un nouvel essai. Il en était au troisième. Le général devait à cette innocente manie
de ne jamais éprouver un instant d'ennui, sentiment dont il n'aurait peut-être pas toujours pu se
défendre, lorsque l'absence de ses fils,—l'un aide
le camp, l'autre capitaine,—celle de sa fille, élevée à Saint-Denis, le réduisaient à la seule société de sa femme. Mme de Vernes, qui d'ailleurs
ne manquait pas des qualités du cœur, avait reçu
une éducation plus apparente que réelle. Riche
héritière et fort gâtée par ses parents, elle n'avait
ppris exactement que ce qu'elle avait voulu, et,
sa volonté ayant été habituellement de ne rien
faire, elle manquait de cette instruction qui est le
germe des connaissances et de l'élévation des
idées. Le vide de l'esprit accompagné de la fortune, qui empêche l'assujettissement au travail,
est une chose très-dangereuse, parce qu'il porte
immanquablement soit aux commérages, aux mé-

disances, aux tracasseries de toutes sortes, soit à
remplir par mille inutilités une vie que Dieu
nous donne pour que nous la rendions utile.
Mme de Vernes, trop bonne pour prendre plaisir
à médire de son prochain, était excessivement
frivole, faisait de la toilette une importante affaire
et ne se plaisait que dans le bruit et l'éclat. Son
éducation toute mondaine, le tact dont elle était
douée, de fréquents entretiens avec ce que le monde
parisien possède de plus distingué, lui avaient
donné l'usage d'expressions élégantes et choisies;
elle eût été incapable de suivre une conversation
sérieuse et sur des sujets élevés ; mais elle disait
mille riens de la manière la plus aimable.

Idolâtre de ses enfants, elle avait eu bien de
la peine à ne pas lutter contre la vocation de ses
fils pour les armes, et à se séparer de sa fille
pour la mettre dans la maison de Saint-Denis.
Mais le général, qui cédait très-facilement à sa
femme sur tous les points peu importants, avait
tenu bon pour celui-là. Il avait compris que la
comtesse donnerait à sa fille l'éducation qu'elle
même avait reçue, et se flattait qu'en la mettan
à Saint-Denis, elle serait mieux élevée. Il ne de
vait pas se voir entièrement déçu dans ses espé

rances, quoiqu'elles fussent loin cependant d'être
réalisées. Berthe avait, comme sa mère, le cœur
bon et léger, l'esprit frivole; mais, son instruction
étant étendue, elle était bien plus capable de raisonnement et de réflexion, par conséquent d'amé-
lioration. Elle aimait beaucoup sa mère, respectait et chérissait son père, et éprouvait la plus
vive tendresse pour ses deux frères. Ces jeunes
gens, ayant obtenu un congé, se trouvaient momentanément au château de Vernes; ils y avaient
attiré plusieurs amis. De son côté, Mᵐᵉ de Vernes avait reçu la visite de deux dames de ses
amies, avec les filles de l'une d'elles, jeunes personnes de l'âge de Berthe, de sorte que le château avait des hôtes nombreux quand Marguerite
y arriva, heureuse et émue.

XII.

Tout le monde était réuni au salon quand
Marguerite entra, suivant Berthe et assez intimi-
dée, malgré son orgueil qui lui persuadait qu'elle
valait bien autant que ceux aux regards de qui
elle se présentait. Mme de Vernes, courant à
elle, la remercia d'être venue et la pria de se
considérer comme chez elle. Le général, s'avan-
çant à son tour, lui fit l'accueil le plus amical;
elle fut ensuite présentée au reste de la société.
De cérémonial achevé, Berthe la conduisit dans

la chambre qui lui avait été destinée et qui était près de la sienne.

La vie du château devait paraître très-douce à Marguerite, habituée, depuis son retour de Saint-Denis, au manque de toute occupation sérieuse. Bien souvent cette oisiveté avait fait naître l'ennui ; elle aurait quelquefois voulu le surmonter ; mais elle travaillait mal à l'aiguille, conséquemment elle y travaillait sans goût. Quant aux occupations de ménage auxquelles elle aurait pu se livrer utilement, elles lui paraissaient triviales et au-dessous de sa dignité. Au château de Vernes, Marguerite se trouva constamment occupée, mais de plaisirs et de fêtes qu'on variait de mille manières. Le matin, les jeunes personnes se rendaient à la laiterie et s'amusaient à voir faire le beurre, le fromage ; l'après-midi était consacrée à la promenade, à de longues courses dans la campagne ; après dîner on se réunissait au salon, où chacun faisait à peu près ce qui lui plaisait. Ici, il y avait des parties de whist ou de lansquenet ; au milieu du salon, une grande table ovale réunissait les lecteurs, les causeurs ; une broderie qui n'avançait guère était entre les mains de Marguerite. Berthe prenait une leçon

4

de découpage. Ordinairement, après le thé, qu'on
prenait à dix heures, on faisait un peu de musique; chacun contribuait, suivant ses moyens,
à occuper et embellir la soirée. Berthe, on le
sait déjà, était une musicienne fort médiocre;
Adèle et Laure, ses jeunes amies, ne brillaient
pas pour l'exécution; elles avaient de jolies voix
bien fraîches, mais pas de méthode; Marguerite
seule avait un vrai talent et une voix admirable de pureté et de goût; aussi tous les succès
étaient pour elle. Son orgueil jouissait de ses
triomphes; cependant, parmi tous ces éloges dont
on était si prodigue à son égard, un seul suffrage lui manquait, et probablement, pour cela
même, elle y attachait plus de prix et se sentait
troublée de ne pas le recevoir. C'était celui d'un
jeune peintre, compagnon d'études et ami de
l'aîné des fils de Vernes. Horace Arnaud s'était
senti très-jeune une de ces vocations qui renver-
sent tous les obstacles. Envoyé à Paris, il y avait
obtenu le grand prix de peinture, qui lui avait
permis d'aller étudier les grands maîtres aux
lieux où Raphaël puisait ses inspirations. De retour de Rome, il travailla avec plus d'ardeur
que jamais, et peu d'années s'écoulèrent avant

qu'il produisît à l'exposition deux toiles qui furent regardées comme des chefs-d'œuvre. Ces deux tableaux ne lui rapportèrent pas seulement la gloire, ils lui donnèrent encore une petite fortune qui lui permit de se livrer davantage à l'inspiration. Horace était resté orphelin de bonne heure. Jusqu'au jour de son départ pour Paris, il avait habité Amiens et s'était contenté d'une mansarde bien éclairée, dans un des faubourgs. De retour dans sa ville natale depuis près de deux ans, Horace avait pris un appartement plus analogue à sa fortune présente ; mais il avait conservé la simplicité de ses goûts, des habitudes réglées et une conduite qui lui conciliait l'estime de tous ceux qui le connaissaient. On le respectait pour sa droiture, pour la rectitude de son esprit et de ses mœurs ; on l'eût craint, si on ne l'avait pas aimé ; car il était pénétrant, caustique et sans pitié pour les ridicules et les travers. Tel était l'homme dont Marguerite n'avait pu conquérir le suffrage. Poli pour tout le monde, Horace la regardait quelquefois avec un dédain qui frisait l'impertinence. Un soir, la comtesse de Vernes, enthousiasmée d'une mélodie savante jouée avec goût par Marguerite, s'écria :

— Que ne donnerais-je pas pour entendre ma chère Berthe jouer comme vous !

Horace dit aussitôt :

—Priez Mlle de Buffe de venir donner des leçons à votre fille.

— Des leçons ! répéta la comtesse confuse et choquée...... Mlle de Buffe n'en donne pas..., et je suis presque tentée de le regretter, continuat-elle en souriant; car je la préférerais à toutes les maîtresses de piano d'Amiens.

Une autre fois Marguerite parlant négligemment de la belle maison que son père faisait bâtir, Horace lui dit :

— Est-ce pour la revendre ?

— Non, Monsieur, répondit-elle, outrée de dépit, c'est pour l'habiter.

Quelquefois c'étaient des questions embarrassantes sur la vie militaire du colonel de Buffe, sur son régiment, sur les officiers qui le composaient. Marguerite répondait à peine et tâchait de lui rendre dédain pour dédain ; mais, malgré tous ces raisonnements intérieurs et son dépit, elle tremblait chaque fois qu'il ouvrait la bouche pour lui parler.

Un jour, ce fut bien pis : il dit en la regardant sévèrement :

— Le mensonge est une lâcheté ; mais quand il a pour cause un misérable orgueil, il est de plus la preuve d'un manque de jugement complet.

— Aurait-il deviné ! se dit Marguerite, qui se sentait rougir. Serait-il possible !... Mais non, je suis inconnue ici ; personne ne peut savoir ce que j'ai tant d'intérêt à cacher. Comme il me mépriserait ! Mais quoi ! suis-je donc si coupable ? Ce mensonge, qui élève mon père, ne fait de tort à personne. Et moi il me permet d'être ici sans qu'ils puissent me croire au-dessous d'eux. Je suis en apparence leur égale pour le rang ; ne la suis-je pas aussi, au moins quant à l'intelligence ? Que me font les critiques de ce M. Horace ? Non, je ne veux plus m'y montrer sensible. Je lui ferai dire par Berthe de ne plus m'adresser la parole. Au surplus, que m'importe ? je ne veux plus m'inquiéter de lui et de son opinion.

Mais, malgré elle, Marguerite s'en inquiétait.

XIII

Un jour (il y avait alors près de deux semai-
nes que Mlle Dubuffe habitait le château), on résolut d'aller à deux lieues voir une fête de village qu'on proclamait devoir être très-belle.
Chacun se fit un plaisir de cette petite partie.
Plusieurs personnes étaient venues d'Amiens
rendre visite au général et à sa femme, de sorte
que la compagnie à son départ se trouva fort
nombreuse. On avait mis dans les coffres des
voitures de quoi faire un splendide repas sur

l'herbe. Le ciel était bleu, le soleil pas trop
chaud ; Mlle de Vernes et ses amies, toutes habil-
lées uniformément de blanc avec des chapeaux
de paille et de larges rubans bleus pour ceintu-
tures, formaient un groupe charmant. On arriva
au village, où tout dénotait la fête. Les villa-
geois étaient en grande tenue ; les jeunes gens
avaient orné de rubans éclatants leurs chapeaux
de paille ; les jeunes filles avaient mis leurs plus
beaux déshabillés ; chacun s'en allait du côté
de la prairie ; car c'était là que devaient avoir lieu
les principaux jeux : le tir, le mât de cocagne, le
tourniquet et la course aux sacs. La pelouse présentait l'aspect le plus animé. De chaque côté,
deux rangées de boutiques étalaient aux regards
des amateurs leurs marchandises variées et ar-
rangées de la manière la plus tentante. C'étaient
des pains d'épices, des gâteaux, des bonbons de
toutes sortes, des fichus et des tabliers de soie,
de la mercerie, de la bimbeloterie, des joujoux de
toute espèce, et du chrysocale sous toutes les
formes. Puis, venaient les spectacles à deux ou
trois sous : la naine haute de soixante centi-
mètres, le géant de six pieds et demi, les ani-
maux domptés, les facéties de Polichinelle et de

Pierrot, les tableaux vivants. Semés çà et là dans
la prairie, on voyait des groupes nombreux, des
goûters sur l'herbe, des rondes dont on entendait de bien loin le refrain, des danses où l'on
sautait à cœur joie. A travers tout cela, les ga-
mins se faufilant partout, et une foule de promeneurs de toute condition ; ce qui formait une
joyeuse bigarrure de costumes, de tenue, de
manières et de langage. Quand la société du
château se fut assez amusée de cet aspect cham-
pêtre, elle choisit une place un peu isolée, om-
bragée par quelques beaux marronniers, et s'as-
sit. Les domestiques eurent l'ordre d'étaler les
provisions, le repas le plus gai commença.
Quand il fut terminé, Berthe, cédant à la gaîté
de son âge, proposa des rondes. Aussitôt les
les mains se joignirent, et chacun paya son tribut en chantant une ronde. Marguerite ne s'était
jamais trouvée si joyeuse. Le matin elle avait reçu une tendre lettre de son bon père. M. Horace
ne lui avait pas encore dit un seul mot piquant;
rien ne manquait à sa satisfaction ; cependant
cette satisfaction allait être troublée de la façon
la plus imprévue.

A un bout opposé de la prairie, une autre ronde

de jeunes filles s'était formée. Tout en dansant, elle se rapprochait peu à peu de la société du château, qui bientôt put distinguer les airs et les voix. C'était au moment où Berthe et ses amies, fatiguées, avaient cessé leurs jeux. Les jeunes filles continuaient leur ronde, qui les rapprochait toujours de plus en plus du noble cercle. Ce n'é-taient pas des villageoises ; elles avaient le cos-tume d'ouvrières endimanchées : de petits bon-nets forts coquets, à nœuds bleus ou roses, cou-vraient la tête de quelques-unes. D'autres n'avaient pour ornements que leurs belles tresses noires et leurs larges bandeaux bien lissés. L'une de celles-ci , plus curieuse probablement que ses compagnes, quitta le rond et se rapprocha tout à fait du point où Berthe et ses amies se repo-saient. Marguerite tourna les yeux vers elle ; un cri faillit lui échapper ; elle avait reconnu Thé-rèse Godard. Dans la ronde, elle reconnaissait également plusieurs jeunes filles du faubourg ; enfin, à vingt ou trente pas en arrière, elle voyait parmi d'autres personnes le boulanger, sa femme et la pauvre Claire, à qui sa faible constitution interdisait les amusements du genre de ceux auxquels sa sœur se livrait. Le premier mouve-

4.

ment de Marguerite fut de saisir son chapeau,
placé à côté d'elle, et de le remettre en prétextant
un léger mal de dents. En même temps, elle
couvrait sa joue de son mouchoir et se tournait
d'un autre côté, espérant échapper au danger de
se voir reconnue par Thérèse, dont elle connaissait la malice ; une réflexion vint ajouter à son
anxiété : son père ! Qui sait s'il ne fait pas partie
de la société du boulanger, s'il n'est là, à quelques pas de sa fille ? Elle le voit déjà, par la pensée, quitter ces gens si communs, en leur serrant
la main, et se diriger vers elle, répondre avec
franchise aux questions qui lui sont adressées,
dévoiler peut-être le mensonge dont son orgueilleuse fille s'est rendue coupable ; car il le lui a
dit : « Les lèvres d'un soldat ne s'ouvriront pas
« pour le mensonge. » Que faire ? que faire ?
Marguerite reste toujours le visage à moitié caché
par son mouchoir.

Cependant la bande joyeuse, poursuivant ses
évolutions, dépasse peu à peu le noble groupe à
son tour ; les mamans, les papas qui la suivent
passent à quelques pas... Marguerite ne peut
s'empêcher de jeter de ce côté un regard furtif...
O bonheur ! son père n'y est pas ! Elle n'a pas été

reconnue ; les ouvrières sont déjà loin, leurs parents les suivent. Déjà Marguerite dénoue son chapeau pour le jeter sur l'herbe, quand tout à coup une voix éclatante lui crie : « Bonjour, Marguerite *Dubuffe !* » Et soudain une jeune fille, qu'on reconnut pour celle qui était venue curieusement regarder les dames du château, passe près d'elle comme une flèche, et court rejoindre la ronde des ouvrières. On demanda à Marguerite ce que c'était. Rouge de honte, elle répondit en balbutiant qu'elle ne la connaissait pas..., que cependant elle croyait que c'était la fille du boulanger qui fournissait à leur maison.

— C'est une fameuse petite espiègle, s'écria le général. Quel air délibéré ! On aurait dit une connaissance intime de Mlle de Buffe, l'interpellant comme son égale.

— Ces petites filles, dit la comtesse, sont parfois d'une impertinence !

— C'est vrai, dit malignement Horace, qui n'avait pas encore parlé. Prendre Mlle de Buffe pour l'objet d'une plaisanterie, c'est un crime qui ne se conçoit pas! Cette jeune fille mérite la corde, et, si vous voulez, nous pourrons du

moins la pendre en effigie ; car je l'ai assez re-
gardée pour pouvoir faire son portrait.

— C'est une jolie fille, dit le général, ne pouvant s'empêcher de rire, et ce serait vraiment
dommage de l'exécuter, même en peinture !

— Elle a l'air trop hardi, dit à son tour Berthe,
qui lui en voulait de la peine qu'elle avait faite à
son amie.

—Allons voir les jeux, dit en se levant la comtesse, voulant mettre fin à cet incident.

Chacun se prépara à la suivre. Horace se trouva un moment auprès de Marguerite.

— Mademoiselle, lui dit-il, oserai-je vous demander si vous avez vu au musée mon dernier
tableau ?

— Non, Monsieur, répondit Marguerite fort
étonnée.

— C'est un *Saint Pierre reniant son maître.*
On prétend que j'ai surtout très-bien rendu la
physionomie du pêcheur, lorsqu'il prononce ces
paroles ; « Je ne le connais pas. » Cela doit être,
vous le comprenez, un mélange de peur et de
trouble de conscience causé par son lâche mensonge.

— Mon Dieu, murmura Marguerite avec dé-
tresse.

Horace la salua gravement et alla rejoindre les
fils de Vernes.

De ce moment la partie de plaisir perdit tous
ses charmes aux yeux de Marguerite. Elle n'en
pouvait plus douter, le peintre connaissait l'ori-
gine de son père, la sienne; il avait pu la suivre pas à pas dans cette voie fausse où elle s'é-
tait engagée. Elle se rappelait un à un tous les
mensonges qu'elle avait faits devant lui : cette
belle maison bâtie par son père, — cette grande
fortune dont il jouissait, — sa mère qu'elle avait
faite de bonne noblesse allemande, — cette femme
de chambre, ces domestiques dont elle avait parlé
et qui n'existaient que dans son imagination ;
puis, enfin, cette jeune fille qu'elle venait de re-
nier, et qui, cependant, jusqu'à l'âge de onze ans,
avait été la compagne de son enfance, cette honnête famille dont elle s'était détournée. Marguerite avait péché par orgueil, l'orgueil la punis-
sait ; car la pensée qu'il y avait quelqu'un qui
la méprisait, et la méprisait justement, était un
supplice pour son âme haute et fière. Une chose
l'étonnait : Horace ne perdait pas une occasion

de froisser son amour-propre, il lui disait des
choses très-dures ; enfin, il était visible qu'il la
détestait, et cependant il n'avait pas divulgué
son secret. Elle pensa qu'un reste de bonté pouvait le retenir et résolut, pour ne plus le mettre
à de trop fortes épreuves, de s'abstenir désormais devant lui de toute fausse assertion sur la
fortune et sur la position de son père. Un peu
tranquillisée par cette résolution, elle fut en
état de prendre part à la gaîté de la conversation et à l'intérêt excité par les jeux qui allaient
s'ouvrir.

XIV.

La magnificence du maire, aidée des dons de
quelques personnes libérales, avait permis d'a-
cheter les prix destinés aux vainqueurs. C'était,
pour le tir, une jolie montre en argent; pour le
mât de cocagne, un gobelet du même métal, et
pour la course, deux brillantes pièces de 5 fr.
Douze jeunes gens, tous nés dans le village,
concouraient pour le tir. Le but était le cœur
d'un pigeon de carton peint fixé contre un mur
de planches élevé dans cette intention. La dis-

tance était de cinquante pas. Le premier tour
s'acheva sans qu'aucun eût un avantage marqué. Toutes les balles étaient dans les planches, pas une n'approchait de l'oiseau. Au
deuxième tour, le fils du maire, nommé
Maxime, entama l'aile. Il se retira fier de ce
succès, et regardant autour de lui d'un air
de triomphateur. Après lui se présenta un
jeune garçon de vingt à vingt-deux ans, qui
parut exciter généralement les sympathies villageoises.

— Ah! c'est ce pauvre Firmin, disait-on. Le
bon Dieu devrait bien donner le prix à un aussi
bon fils!... Voyez comme il a l'air doux et modeste! Ce n'est pas lui qui s'en croira, s'il réussit, il n'en sera pas plus fier. Le voilà qui vise...
Bonne chance, Firmin !

Le coup partit.... La colombe était traversée à
l'endroit du cœur. Cent cris de joie proclamè-
rent le triomphe de Firmin, qui, comme le pré-
disaient ses compagnons, n'en fut pas plus fier
pour cela, reçut d'un air modeste la montre des
mains du maire, et se dirigea aussitôt vers un
groupe de femmes âgées. L'une d'elles s'avança
vers lui d'un air joyeux. La montre passa de

main en main et fut très-admirée. Le fils du maire, ne pouvant cacher sa mauvaise humeur, avait disparu. Les quelques mots prononcés sur Firmin avaient intrigué les dames du château. Un des jeunes de Vernes fut chargé de prendre des renseignements, et il revint bientôt chargé d'une histoire qu'il raconta pendant que les jeux du mât de cocagne commençaient.

Firmin était le petit-fils d'une pauvre veuve. Tout jeune il avait perdu ses parents et était resté à la charge de son aïeule, qui, Dieu aidant, avait réussi à l'élever, à lui donner de bonnes et pieuses habitudes et à lui faire donner la science de la campagne : lire, écrire, compter. Firmin aimait tendrement sa grand'-mère. Dès l'âge de huit ans il lui rendait toutes sortes de petits services. A douze ans, l'instituteur du village lui offrit de le prendre chez lui comme aide et de lui donner, outre sa nourriture, 3 fr. par mois. C'était de quoi payer le loyer de sa grand'mère ; Firmin accepta. Il sut se rendre si utile et si agréable à l'instituteur, qu'au bout de deux ans il en fut récompensé d'une haute paie de 5 fr. par mois. Jamais on ne vit Firmin distraire un sou de ce petit tré-

sor. Fier et joyeux, chaque premier du mois le
voyait porter sa pièce à sa grand'mère. Aujour-
d'hui, il se préparait à passer ses examens pour
être reçu comme instituteur.

Telle fut l'histoire de Firmin. On s'intéressa
à lui, on se réjouit de son succès et on se promit
bien de s'informer de lui par la suite.

Le prix du mât de cocagne avait été gagné
non sans bien des culbutes et bien des éclats de
rire. Il ne restait plus que la course ; elle avait
lieu entre six femmes déjà d'un certain âge. Mes
jeunes lectrices ignorent peut-être la manière
dont cette course se pratique ; on apporte autant
de sacs de toile qu'il y a de concurrentes, on
met chacune d'elles dans un sac, on le leur ferme au cou, par une coulisse ; on les place à
côté l'une de l'autre ; on indique un but, puis
on donne le signal. Alors sacs et têtes se re-
muent pour atteindre la première au but, on
saute, on tombe, on se relève, on se pousse, on
roule comme on peut, et enfin on arrive hors
d'haleine. Inutile de dire les fous rires auxquels
ces courses donnent lieu. Les concurrentes sont
d'ordinaire peu réservées dans leur langage, et
quand elles se dépassent l'une l'autre, ce sont

des épithètes, des juremenls parfois à faire fré-
mir un saint.

Cinq de ces femmes avaient de quarante à
cinquante ans et affrontaient d'un air hardi les
rires et les joyeux propos. La sixième était plus
âgée et avait un air honnête et honteux. Cependant aucune ne mit plus d'ardeur à courir
vers le but. Elle réussit, à force de peine, à dé-
passer les autres ; mais, au moment où elle allait
toucher le but, un faux mouvement la fit chanceler. Celle des femmes qui la suivait immédia-
tement acheva de déterminer sa chute en la poussant, et on vit la pauvre vieille tourner et rouler sur elle-même deux ou trois fois sans pouvoir se relever, comme un enfant qui fait ce
qu'on appelle le tour à paillasse. Le but avait
été touché. Le commissaire des jeux, arrivé sur
le théâtre de ces derniers exploits, dénoua les
sacs, les reprit et livra l'argent. Les femmes s'en
allèrent en se disputant, à la joie des spectateurs,
qui ne remarquaient pas que la plus vieille
était restée sans bouger à la place où elle était
tombée. Marguerite avait ri comme les autres ;
cependant cette femme âgée avait excité sa pitié ;
elle ne la perdit pas de vue et aperçut de gros-

ses larmes qui coulaient le long de son visage
flétri. Les pleurs sont le privilége de l'enfance.
Quand ils roulent en perles sur des joues fraîches et rosées, comment s'attrister ? On sait que
le rire est si près ! Mais les larmes des vieillards ont quelque chose de profondément triste
et qui remue le cœur. Il semble qu'ils n'ont dû
arriver à cet âge avancé qu'après avoir subi bien
des épreuves, versé bien des larmes, et on s'é-
tonne qu'ils en aient encore à verser. La foule
s'était portée sur d'autres points; Marguerite se
sentit prête à pleurer elle-même ; elle aurait
voulu aller vers la vieille et ne l'osait pas. Elle
continuait à la regarder, quand elle la vit pâlir
et près de perdre connaissance. Aussitôt, toute
hésitation disparaissant, elle s'élança, sauta légèrement au-dessus d'une barrière et arriva à
temps pour secourir l'objet de sa sollicitude,
la soutint d'un bras, tandis que son autre main
cherchait un petit flacon de sel qu'elle avait à
sa ceinture ; elle le lui fit respirer ; la vieille revint à elle et voulut se lever en s'excusant.

— Appuyez-vous sur moi, ma bonne femme,
dit doucement Marguerite.

Mais il fallait faire le tour ; car la pauvre vieille

ne pouvait pas sauter la barrière ; Marguerite
marchait lentement en soutenant sa protégée,
lorsqu'en tournant les yeux du côté où elle avait
laissé sa société, elle aperçut Horace qui la regardait d'un air de satisfaction.

— Monsieur Horace, dit-elle, non sans rougir,
voudriez-vous bien prévenir Mme de Vernes de
m'attendre ? Je reviens dans un instant

Mais comme elle disait ces mots, la comtesse
elle-même, ayant remarqué l'absence de Marguerite, parut avec tout son monde près de la barrière. La jeune fille ne discontinua pas son pieux
office. Elle arriva à bientôt à côté de la comtesse,
à qui elle demanda la permission de reconduire
sa protégée jusqu'à une maisonnette qu'on voyait
à cent pas de là, et qui était la sienne. Toute la
foule s'était portée d'un autre côté, où l'on devait
tirer un feu d'artifice ; c'est pourquoi la pauvre
vieille était ainsi abandonnée.

— Allez, ma chère enfant, répondit avec bonté
Mme de Vernes ; nous vous suivrons en nous promenant.

Profitant de cette permission, Marguerite continua son chemin, et arriva bientôt, avec celle
qui s'appuyait sur son bras, devant la porte de

cette humble demeure. Le toit était couvert en
chaume ; point de fenêtres, une porte basse seulement et une misérable chambre, où Marguerite
aperçut un spectacle navrant pour son âme, où
l'orgueil n'avait pas étouffé la sensibilité. Dans
un coin de ce taudis, sur un peu de mauvaise
paille, gisait une pauvre jeune fille de dix-sept à
dix-huit ans. La misère et la maladie avaient miné
son corps et l'avaient réduit à une effroyable
maigreur, à laquelle se joignait une pâleur plus
effrayante encore. La vie semblait déjà absente
de cette enveloppe fragile, elle n'apparaissait que
dans de grands yeux noirs, dont le regard avait
quelque chose d'égaré.

— Mon Dieu ! s'écria Marguerite en joignant
les mains, votre fille est bien malade !

— Hélas ! répondit la vieille femme en fon-
dant en larmes, elle n'a rien mangé depuis hier ;
c'est pour cela que je voulais gagner les 10 fr.

Marguerite n'en écouta pas davantage ; s'élan-
çant de la chaumière, elle courut rejoindre la société, et se mit à raconter, toute hors d'elle, ce
qu'elle venait de voir et d'apprendre. Aussitôt
deux des jeunes gens se dirigèrent en toute hâte
vers le village, où ils trouvèrent bientôt une au-

berge, et dans cette auberge tout ce dont ils
avaient besoin. Ils revinrent, au bout de quelques
minutes, accompagnés de deux servantes qui
portaient du pain, du vin, du bouillon et de la
viande. On les fit entrer chez la pauvresse. Mme de
Vernes était venue jusqu'à la porte ; mais, peu
exercée aux pratiques de la charité, elle recula
de dégoût après un regard jeté dans l'intérieur
de la chaumière. Elle avait vu les quatre mu-
railles nues et enfumées, deux grabats de paille,
dont l'un était occupé ; une misérable couverture
les recouvrait à demi ; point de draps, un seul
escabeau pour tout meuble, la terre pour plan-
cher ; c'était l'aspect le plus saisissant d'un dénûment absolu.

Cette pauvre demeure ne faisait point partie du
village ; elle était bâtie au bas d'une petite colline
et faisait face à la prairie où s'étaient passés les
jeux. Mme de Vernes annonça qu'elle allait s'y
promener en attendant qu'on eût secouru la malade ; elle fut suivie de la plus grande partie de
société ; Marguerite, Berthe et Horace restèrent
seuls dans la chaumière. Horace aida la jeune fille
à se mettre sur son séant, tandis que Marguerite
lui présentait un peu de vin. Aussitôt qu'elle en

eu bu quelques gorgées, elle parut ranimée ; alors
on lui fit prendre un peu de bouillon dans lequel
Berthe avait coupé une tranche de pain. La vo-
racité de cette pauvre créature faisait mal à voir.
Ses yeux, fixés sur le vase qui contenait le reste
de bouillon, semblaient en dévorer d'avance
le contenu. Sa mère, qu'on avait trouvée assise
sur l'escabeau et le visage caché sous son tablier,
s'était levée et contemplait, les mains jointes et
tout extasiée, la couleur et la vie qui revenaient
aux joues de son enfant. Elle murmurait des paroles de bénédiction. Après sa fille, on songea à
elle, on lui fit manger un peu de soupe ; ce qui
restait des vivres fut mis de côté pour le jour
suivant.

— C'est bien, dit Horace : voici pour aujour-
d'hui, même pour demain ; mais ensuite ?

Maguerite soupira. Elle sentait elle-même l'in-
efficacité d'un secours d'un moment pour cette
pauvre malade dont la constitution était minée
par le besoin. Pour la première fois peut-être,
son regret d'être dans une position médiocre se
rapporta à une autre qu'à elle-même. Si j'étais
riche, pensa-t-elle, riche comme Berthe, j'aurais
soin de ces pauvres gens. Mlle de Vernes, malgré

sa légèreté, avait senti la justesse de la réflexion
d'Horace.

— Que faudrait-il faire ? lui dit-elle.

Le regard interrogatif de Marguerite se leva
aussi sur lui.

— D'abord, répondit-il, connaître au juste
l'état de vos protégées, prendre des renseignements sur elles, savoir comment elles ont été
réduites à cet excès de misère. Leur histoire nous
donnera probablement les moyens de leur venir
en aide de la manière la plus efficace.....

— Oui, dit Berthe, vous avez raison.

Et, s'adressant à la vieille femme, qui avait
aidé à sa fille à se recoucher et la recouvrait
soigneusement d'un lambeau de couverture, elle
la pria de leur dire comment elles en étaient arrivées à cette extrémité.

XV

— Tout notre malheur, dit alors la vieille,
vient de ce que nous ne sommes pas de ce pays ;
il y a dans ce village comme partout des
gens charitables ; mais il y a aussi beaucoup de
misère, et comme on ne peut pas donner à
tous ceux qui ont besoin, on donne plutôt à
ceux de l'endroit qu'à des étrangers. Mon mari
était un ouvrier mécanicien de Saverne, dans
le Haut-Rhin. J'étais blanchisseuse dans la même
ville ; nous nous mariâmes, et pendant vingt
ans j'ai été la femme du monde la plus heureuse.
Mon mari était travailleur, je n'étais point paresseuse ; au bout de quelques années, nous

avions 3,000 fr. d'économies, et 3,000 fr., pour
des gens comme nous, c'est beaucoup, mes
bonnes dames ! Aussi remerciais-je chaque jour
le bon Dieu du lot qu'il m'avait fait sur la terre.
Une seule chose me manquait pour être complétement heureuse : nous n'avions point d'enfant.
Enfin, le Seigneur exauça mes prières, et j'eus
une fille après quinze ans de mariage. Je l'élevai
de mon mieux. Aussitôt qu'elle fut un peu
grande, je l'envoyai à l'école chez les sœurs,
et je dois dire que ces bonnes religieuses eurent
toujours lieu d'être contentes de sa conduite et
de son application. Quand elle eut fait sa première communion, je lui dis : « Louise, te voilà
en état de m'aider : je me fais vieille, dans peu
d'années j'aurai plus de bonne volonté que de
force ; il te faut, maintenant que tu as assez de
choses dans la tête, en mettre un peu dans tes
doigts, apprendre mon état, devenir une bonne
ouvrière, pour me succéder quand je ne pourrai
plus travailler. » La petite me dit qu'elle ne demandait pas mieux ; il faut lui rendre cette justice de dire que, quoique je la gâtasses un peu,
elle n'en était pas moins bonne fille. Pendant
deux ans, ça alla bien ; Louise repassait très-

bien l'uni ; elle ne blanchissait pas mal, et je
pensais à la mettre à l'amidonnage, quand une
série de malheurs tomba sur nous. Je vous ai
dit que nous avions fait de jolies économies.
Quand Louise fit sa première communion, elles
se montaient à 10,000 fr. Mon mari avait alors
une boutique et gagnait bien. Voilà que le maître
de la maison que nous habitions, ayant marié sa
fille à un marchand, et voulant les garder auprès de lui, nous pria de chercher un autre lo-
cal. Cela nous contraria beaucoup, car la boutique était située au centre de la ville; nous
l'avions bien fait arranger : les pratiques de mon
mari, les miennes, étaient habituées à venir
nous y chercher. Mon pauvre homme marquait
encore plus d'humeur que moi de ce contre-
temps.... Mais, dit la vieille Suzanne en s'in-
terrompant, je crains que vous ne soyez fatigués
de rester si longtemps debout ; si vous aviez la
bonté de vous asseoir sur ce banc de pierre, devant la porte, je continuerais plus volontiers mon
récit.

Berthe et Marguerite ayant cédé à sa prière,
Suzanne reprit en ces termes :

— Je vous parlais de la contrariété que nous

éprouvions de quitter une maison où pendant vingt ans nous avions été si heureux. Cette contrariété fut si vive pour mon cher Joseph, qu'elle le décida à acheter une petite maison d'où personne, du moins, ne pourrait plus nous faire sortir. Il trouva ce qu'il lui fallait. La maison valait 15,000 fr.; mais on nous la céda à 12,000, en considération de ce que nous donnions 10,000 fr. comptant; c'était donc avec une dette de 2,000 fr. que nous commencions; cela me parut d'un mauvais augure; je le dis à mon mari, qui ne fit que rire de mes craintes. Nous entrâmes en possession. Nous nous établîmes au rez-de-chaussée, où il y avait, outre la boutique, deux belles chambres. Le premier étage resta loué pour 300 fr. Nos pratiques nous revinrent peu à peu, de sorte que je vis que mon mari n'avait pas fait un mauvais marché. Je m'habituai là comme je m'étais habituée ailleurs; seulement, la peur de quelque sinistre me faisait sans cesse prier Joseph d'aller assurer la maison contre le feu. C'était bien son intention; mais, avant qu'il l'eût fait et sans qu'on pût savoir la cause de ce malheur, notre maison brûla! J'ai toujours pensé que notre ruine venait de la mal-

veillance.…. Quoi qu'il en soit, nous nous trou-
vâmes sur le pavé. Tout, excepté les gros murs,
avait été la proie du feu…. A grand'peine avions-
nous pu nous sauver nous-mêmes. Mon pauvre
homme était plongé dans le plus profond désespoir. Jugez s'il y avait de quoi, mes bonnes
demoiselles ! Avoir travaillé toute sa vie pour
amasser quelques économies et les voir disparaître ainsi, au moment où l'on prend de l'âge et
où la force s'en va ! Cependant, j'essayai de lui
inspirer un peu de courage ; Louise, de son côté,
se montra comme une fille vaillante et résignée.
Elle nous parlait de la bonté de Dieu qui éprouve
ceux qu'il aime, et de sa miséricorde qui mesure
le vent à la toison de l'agneau. Je puis bien dire
que, si nous reprîmes alors un peu de courage,
nous l'avons dû aux exhortations de notre enfant. Je lui disais : « Si au moins ton apprentissage était fini, si ce malheur ne nous était arrivé
que dans quelques années, tu aurais pu être
établie! — Eh bien! me répondit-elle, nous n'aurions pas eu le même mérite aux yeux de Dieu
à nous résigner. » Nous avions loué une mauvaise petite chambre et un cabinet. Je rachetai,
avec l'aide de quelques amis, de quoi continuer

mon état. Ce qui restait de la maison fut vendu pour payer les 2,000 fr. que nous redevions. Il nous resta quelques petites choses; mais cela passa à racheter les meubles les plus indispensables. Mon mari, qui n'avait plus de boutique, plus d'outils, alla travailler chez un confrère, mais je voyais bien qu'il se rongeait les poings d'être obligé de faire suivant le bon plaisir des autres, après avoir si longtemps été son maître. On payait mal ses journées; il devint triste, sombre. C'est dans ce moment qu'il reçut une lettre et une proposition qu'il regarda comme un bienfait de la Providence. Un de ses anciens camarades, qui avait quitté le pays depuis plusieurs années pour faire un tour de France, lui écrivait qu'il travaillait en fabrique chez un riche manufacturier, dans les environs d'Amiens; que son patron, ayant besoin d'un bon mécanicien, il s'était rappelé son cher Joseph et en avait parlé; qu'on était prêt à l'accepter sur ce qu'il en avait dit, et aux conditions les plus avantageuses. Joseph n'hésita pas un instant; son amour-propre souffrait de son changement de position; il aimait mieux quitter son pays que d'y vivre misérablement. Une autre raison contribua à me décider. L'avenir de mon enfant me parut assuré par la proposition qui était faite à Joseph, nous avions le logement pour rien, et les appointements de mon mari me permettraient d'achever l'apprentissage de Louise dans une grande ville, à Amiens. Nous vendîmes donc notre chétif mobilier. Il y a dix-huit mois que nous entrions dans la fabrique de M. Xoris...

— Xoris! interrompit Horace, celui qui a fait de mauvaises affaires et s'est sauvé en Belgique.

— Hélas! oui, Monsieur. Vous avez dit ce qui a causé une seconde fois notre ruine complète. Quelques mois à peine s'étaient écoulés quand la fabrique fut fermée. Mon mari suivit son camarade qui allait se présenter ailleurs; car il ne manque pas de fabriques dans ce pays. Cependant ils subirent plusieurs refus occasionnés par le manque d'ouvrage; enfin, ils purent entrer chez un fabricant, mais à de tout autres conditions que celles de M. Xoris. Néanmoins Joseph y est depuis ce temps, et il trouve encore le moyen de nous envoyer tous les trois mois 20 fr., qui servent à payer notre loyer dans ce village, où nous nous étions retirées, pensant y pouvoir ga-

gner notre vie. Mais le malheur n'avait pas cessé de nous poursuivre. Je tombai malade. Louise,
occupée de me soigner, ne put presque plus travailler. D'ailleurs, elle ne savait pas encore assez
bien repasser pour contenter ses pratiques, elles
se retirèrent. Alors ma pauvre enfant, qui avait
aussi appris à coudre et à raccommoder chez les
sœurs, chercha de l'ouvrage. Elle en trouva ;
mais c'est si peu payé ! Bien qu'elle travaillât
tout le jour et une partie des nuits en me veil-
lant, elle gagnait à peine de quoi se nourrir et
m'acheter quelques remèdes prescrits par le
médecin. Un jour, ce médecin me déclara con-
valescente, m'ordonna de boire du bon vin, de
me nourrir préférablement de viandes et de
choses substantielles, et termina en demandant
20 fr. pour ses soins. Peut-être, si nous lui
avions dit notre misère, ne nous aurait-il rien
demandé, mais jamais je ne l'osai, et Louise non
plus. Joseph m'avait envoyé 20 fr. la veille. Ces
20 fr. devaient servir à payer un terme à notre
propriétaire, à qui nous en devions deux. J'allai
les prendre et les remis sans mot dire au médecin.
Puis, quand il fut parti, nous nous jetâmes dans
les bras l'une de l'autre et nous nous mîmes à

5.

pleurer. Pour combler notre misère, le propriétaire, nous voyant hors d'état d'acquitter notre
dette et craignant de la voir s'augmenter, nous
renvoya après avoir pris tout ce que nous pos-
sédions. Sa pitié nous permit de nous installer
dans cette pauvre chaumière, qui lui appartenait et qui était vacante. C'est là que je devais
souffrir plus que je n'avais jamais souffert, puisque j'ai à craindre de perdre ma fille....

Ici la voix de Suzanne fut étouffée par un san-
glot.

— Mais, observa Berthe, n'avez-vous pas écrit
à votre mari ?

— A quoi bon ? dit tristement la vieille femme.
J'aurais augmenté ses peines, je lui aurais en-
levé tout son courage ! Ne sais-je pas bien qu'il
se prive pour nous envoyer tout ce qu'il peut ?
Voilà huit jours que ma pauvre Louise s'est mise
au lit. La fatigue, les privations l'ont mise dans
l'état où vous la voyez. Quand je l'ai vue près
de succomber de besoin, j'ai songé soudain à
cette fête dont j'entendais les éclats autour de
moi, à ces jeux, à cette triste lutte de vieilles
femmes où l'on pouvait recevoir 10 fr. de récom-
pense.   fr. ! c'était peut-être la vie de ma fille !

Je courus à la barrière, presque sans savoir ce que je faisais.... Vous avez vu le résultat humiliant de cette épreuve. Mon Dieu ! ne rien pouvoir pour soulager son enfant !

— Son état n'a rien de grave, dit Horace d'une voix pleine de bienveillance; il s'améliorera avec votre position, et elle ne tardera pas à changer, si, comme je le crois, votre récit est véridique. Rentrez près de votre fille ; vous nous reverrez avant notre départ; nous allons réfléchir au moyen de vous être utiles.

En parlant ainsi, Horace s'éloigna avec ses compagnes, sans écouter le remercîment de Suzanne.

Ils aperçurent Mme de Vernes, sa famille et ses hôtes, qui venaient à eux. Cependant, Berthe eut le temps d'adresser à Horace le reproche d'avoir paru douter de la véracité de Suzanne.

— Quand on est résolu à faire le bien, lui répondit-il, il faut encore le placer convenablement et être sûr qu'on n'encourage pas le vice. Je crois, comme vous, que Suzanne a dit vrai ; mais la preuve de sa véracité ne fera qu'encourager notre zèle.

Quand Berthe eut rejoint sa mère, elle raconta sommairement l'histoire de la pauvre Suzanne. Chacun s'attendrit et désira lui être utile. On proposa une quête entre soi, et Berthe, prompte à la réaliser, sortit de sa bourse une pièce de 5 fr., la mit dans le chapeau de son père, et se prépara à aller se présenter avec ce chapeau devant chaque personne de la société. On s'aperçut alors de l'absence d'Horace.

— Je parie, dit Berthe, qu'il est allé aux renseignements. Il est si incrédule! il a si peur d'être trompé!

Comme elle finissait ces mots, le jeune peintre reparut. Il était en effet allé jusqu'au village, pendant que Berthe contait son histoire. Plusieurs personnes, le maire entre autres, lui dirent tout le bien possible des deux Savernoises. On était loin de les croire réduites à cette extrémité; on blâmait Suzanne de ne pas l'avoir fait connaître à ses anciens voisins, et d'avoir, par fierté, exposé la vie de sa fille.

Après avoir entendu Horace, Berthe reprit sa quête, qu'elle avait interrompue à son arrivée. Marguerite jusqu'alors avait été tout à la pensée de la pauvre femme, elle se félicitait d'avoir été

la première cause du bien qui lui arrivait. Cependant, en voyant Berthe recevoir 5 fr. de chacune de ses amies, elle eut un moment d'angois-
ses. Elle avait dépensé 6 fr. en bagatelles dans
les boutiques de la fête. Il ne lui restait plus que
19 fr. En ôtant 5 fr. pour la quête, elle ne con-
servait que 14 fr.

— Bah ! se dit-elle, je dirai à mon père de
m'apporter de l'argent ! je ne puis pas donner
moins que ces demoiselles.

En conséquence de ce raisonnement, elle tira
fièrement 5 fr. de sa bourse et les remit à Berthe.
En même temps, par un mouvement involontaire,
elle levait les yeux sur Horace, mais il détourna
les siens, qui avaient repris pour elle leur sévérité accoutumée.

La quête avait produit 85 fr. Horace et son
ami Auguste de Vernes furent chargés de les
porter à la chaumière et de promettre pour l'avenir de nouveaux secours.

La nuit s'approchait, on remonta en voiture,
et bientôt la distance qui séparait le village du
château se trouva franchie.

XVI

Le lendemain fut un jour de pluie. Il avait fait de si fortes chaleurs la semaine précédente, que chacun accueillit avec joie ce signe assuré de fraîcheur. Le général surtout s'écriait :

— C'est de l'or qui tombe sur le sol !

En effet, la sécheresse flétrissait les semences confiées à la terre; la pluie fit verdir les arbres et les champs. On fit des lectures à haute voix et de la musique au château; puis, devant cette pluie battant à coups égaux et précipités les fenêtres du salon, on fit des projets pour le lendemain. Il s'agissait d'une partie de pêche aux écrevisses que le jeune de Vernes voulait met-

tre en train ; la question était qu'on n'avait pas
les paniers nécessaires ; mais le lieutenant se
chargea de les fabriquer, pourvu qu'on voulut
bien l'aider dans la confection des filets ; on y
consentit, et aussitôt le salon devint un atelier
où chacun avait sa navette, son moule et sa fi-
celle et travaillait de son mieux.

Au bout d'une heure d'occupation, la comtesse
n'y tint plus.

—Je vous en veux, dit-elle à son fils, d'avoir
eu une pareille idée. Quoi ! vous prétendez nous
faire passer toute la journée à travailler ; mais
nous allons devenir stupides devant ces mailles !
Laissons cela, mesdemoiselles, et allons sur la
terrasse voir si le temps s'éclaircit.

— Oh ! non, maman, s'écria Berthe, qui n'a-
vait jamais été à la pêche aux écrevisses, et qui
goûtait fort le projet de son frère, je vous en
prie, laissez-nous achever. Voyez comme je vais
vite ! C'est très-amusant, n'est-ce pas, mesdemoiselles ?

On répondit affirmativement, et les filets furent continués avec tant de succès, qu'à la fin du
jour, douze paniers étaient prêts. Victor de Vernes, qui était décidément le meneur de la partie,

voulait en avoir au moins dix-huit ; on les lui promit.

— Et comment ferez-vous ? dit le général joyeusement ; vous proposeriez-vous de veiller toute la nuit.

— Oh ! non, papa, répondit sa fille ; nous n'en serons pas réduits à cette dure extrémité. Vous savez bien que nous ne partons qu'après dîner, puisque les écrevisses se prennent le soir ; or, cela nous donne encore toute la journée de demain ; nous nous lèverons de grand matin et nous aurons presque fini quand la cloche sonnera le déjeuner.

— Toi te lever matin, ma fille ? Si tu fais cela, je fais brûler un cierge devant le patron des paresseux, pour qu'il te pardonne ton infidélité. Ce serait si rare et de si courte durée !

— C'est bien, papa ; moquez-vous de moi tant que vous voudrez, cela n'empêche pas qu'après-demain matin vous vous régalerez avec les écrevisses que j'aurai pêchées.

On se sépara ce soir-là de meilleure heure que de coutume ; ces demoiselles tenaient à pouvoir se lever matin.

XVII

Le lendemain, comme on l'avait espéré, le temps était magnifique. Le soleil se levait pur et radieux et pompait les gouttes de rosée amassées dans le calice des fleurs. Marguerite, réveillée avec le jour par de joyeuses préoccupations, et voulant fournir à elle seule encore un panier, se leva et se mit aussitôt à l'ouvrage. Nous regrettons d'avoir à dire qu'elle oublia sa prière, ce premier devoir de la journée.

Marguerite, cet oubli ne vous portera-t-il pas malheur ?

Ses fenêtres donnaient sur le parterre ; les oiseaux chantaient, les fleurs embaumaient. Au

bout d'un quart d'heure, Marguerite se sentit
prise du désir d'aller respirer le grand air. Les
allées du jardin étaient toutes remplies d'un sable
fin et blanc que le soleil brillantait et qu'il faisait ressembler à une poussière de diamant. Au
bout d'une des allées, un peu sur le côté, était
un fourré d'arbres au milieu desquels on avait
ménagé un espace circulaire et placé un banc
rustique. De ce lieu, qui était toujours frais et
toujours sec, on avait une échappée sur la campagne, et ce paysage, vu à travers un encadre-
ment de verdure, était d'une grâce charmante.
Marguerite aimait cet endroit de prédilection;
elle y courut donc et s'y installa. Ses pieds po-
saient sur la mousse; autour d'elle pendaient des
grappes de cytise et de chèvrefeuille odorant; en
levant les yeux, elle apercevait la campagne,
que la pluie de la veille avait reverdie. Tous ses
sens se laissèrent aller au bien-être de cette situation; sa pensée erra vaguement comme dans le
commencement d'un rêve. Elle se vit maîtresse
d'une demeure opulente et enchantée, elle y ras-
semblait toutes sortes d'éléments de plaisir, de
nombreux domestiques s'empressaient à la servir... Son père n'était pas oublié. Elle répandait

de généreuses aumônes, elle secourait Suzanne
et Louise ; on la louait de ses bienfaits, chacun
la portait aux nues, Horace même était forcé
de rendre justice à sa grandeur d'âme, à sa libé-
ralité... Elle lui commandait des tableaux ma-
gnifiques pour son château... Il lui disait...

En ce moment, la voix d'Horace lui-même
frappa son oreille et lui fit rouvrir brusquement
les yeux à demi fermés. Ce n'était pas la voix de
son rêve, c'était bien réellement la sienne, et elle
reconnut également celle d'Auguste et de Victor
de Vernes et de deux de leurs amis, dont l'un,
jeune contrôleur résidant à Amiens, avait déjà
passé quelques jours en même temps qu'elle au
château, qu'il avait quitté la veille au matin pour
remplir les devoirs de sa place. Il était revenu le
soir même, presque au moment où l'on se séparait.

Marguerite prêta l'oreille d'abord d'une manière inattentive et distraite, de mauvaise humeur d'avoir été dérangée, mais bientôt avec un
intérêt toujours croissant.

— Oui, disait une voix, qu'elle reconnut pour
celle du jeune contrôleur, c'est une drôle d'histoire. Figurez-vous que cette jeune personne, qui

est sans contredit plus fière et plus orgueilleuse
qu'aucune des dames du château, qui parle sans
cesse de la noblesse allemande, de sa mère, du
grade de son père, de ses hautes connaissances,
de sa fortune ; figurez-vous... Ah! c'est à mourir
de rire ! Son père est un soldat de fortune, le fils
d'un petit épicier ; sa mère est une ouvrière allemande qu'il a ramenée d'une de ses campagnes, et qui travaillait pour vivre ; la superbe
maison de 100,000 écus est convertie en une chétive maisonnette au faubourg deBeauvais,qui vaut
bien 6,000 fr.; enfin, le nom assez noble de *de
Buffe* est privé de sa particule et est converti en
nom roturier et tout d'une venue de Dubuffe.

— Ah ! ah ! c'est en effet très-curieux, dit en
riant Victor.

— Mais comment as-tu su tous ces détails ? demanda son frère.

— Voilà, répondit le narrateur. J'étais appelé,
par mon métier, à vérifier les maisons du faubourg ; quand j'arrivai à celle du père Dubuffe,
car on l'appelle ainsi dans le quartier, je voulus
entrer et ne trouvai personne. Au moment où je
sonnais pour la troisième fois, une jeune fille, qui
travaillait tout à côté, sur le seuil de la boutique

d'un boulanger, vint à moi et me dit assez leste-
ment : « Ne vous évertuez donc pas à sonner
ainsi, monsieur : le père Dubuffe est allé porter
ses comptes à l'épicier pour qui il travaille. »
Pendant qu'elle parlait, je reconnaissais la jeune
curieuse qui nous avait si bien dévisagés à la fête
et avait crié : « Bonjour, Marguerite Dubuffe. »
Je voulus avoir le plaisir de l'embarrasser, et je
lui dis : « Ah ! Mademoiselle, je suis en pays de
connaissance ; voulez-vous me charger de vos
commissions ? Je retourne ce soir au château de
Vernes. » La petite ouvrière ouvrit des yeux
énormes et eut l'air d'attendre l'explication d'un
logogriphe. « Oui, continuai-je, m'amusant de
son étonnement, vous y connaissez une jeune personne, vous l'avez apostrophée en dansant ; ne
voulez-vous pas que je lui fasse vos compliments?
— Qu'est-ce que vous me chantez là ? répondit la
petite personne, qui crut enfin que je voulais me
moquer d'elle ; de qui me parlez-vous ? — De
Mlle Marguerite de Buffe. — Marguerite Dubuffe !
s'écria-t-elle impétueusement ; oui, sans doute,
je la connais ; j'ai assez souvent joué avec elle
jusqu'au moment où on la mit en pension ; sa
mère et la mienne étaient fort liées ; elles étaient

couturières toutes deux ; Mme Dubuffe était Allemande ; elle est morte peu d'années après son
arrivée en France. » Je l'interrompis en ce moment ; je pensais qu'elle m'en imposait, et je lui
dis, pour la confondre : « Comment la femme
du colonel de Buffe aurait-elle travaillé pour vivre ? La pension de retraite du colonel pouvait
facilement les faire vivre. — Oui, la belle retraite ! répondit avec la même vivacité la jeune
ouvrière, une pension de lieutenant ! Il n'a jamais
été que ça, le pauvre père Dubuffe. Et maintenant, faut voir comme il s'échine à travailler pour
parer son idole, sa fille ! Figurez-vous, monsieur,
qu'elle souffre que ce pauvre homme la serve et
fasse tout le ménage pendant qu'elle dort la grasse
matinée, ou qu'elle fait la paresseuse au jardin ;
il déjeune avec du pain, ne boit que de la bière
de six liards la bouteille, sous prétexte que le
vin lui fait mal ; il dîne avec des pommes de
terre, en disant que c'est le mets qu'il préfère,
tandis qu'il lui fait boire du vin à dix sous le
litre, et qu'elle mange des riz de veau ou du pou-
let à son dîner. N'est-ce pas une horreur ! Il est
malade, il se tuera de travail sans que cette pimbêche daigne s'en apercevoir ! Elle ne nous salue

seulement pas, la malhonnête, nous, ses anciennes compagnes. Moi, je ne dis pas, je n'ai pas
reçu d'éducation, je sais bien que je ne l'appareil-
lerais pas, mais j'ai une sœur, monsieur, une
sœur qui est un ange. Elle a été élevée au couvent, et je suis sûre que, quelque savante que soit
Mlle Dubuffe, Claire en sait bien autant qu'elle...
Mais, tenez, voilà le père Dubuffe qui rentre, vous
pourrez lui parler. Bonjour, monsieur. » Et la
maligne ouvrière, me faisant une petite révérence,
rentra chez elle. Je regardai celui qu'elle venait
de me désigner. C'était un homme âgé dont les
traits me parurent avoir de l'analogie avec ceux
de Mlle Marguerite ; mais autant les joues de la
fille sont fraîches et roses, autant celles du père
sont flétries et pâles. Il me fit l'effet d'un homme
exténué par le travail. Peut-être le récit de l'ouvrière m'influençait-il, mais je pensai que réellement il était malade et que sa fille avait les torts
dont on l'accusait. Sa physionomie était soucieuse
et son air doux et bon. Il était vêtu très-simple-
ment. Me voyant arrêté à le considérer, il s'approcha de moi et me demanda très-poliment s'il
pouvait m'être utile à quelque chose. Quand je
lui eus dit que l'objet de ma mission était d'ap-

précier les valeurs locatives, il me fit entrer. Je
parcourus la maison avec lui, et cette excursion
me donna, jusqu'à un certain point, des preuves
que si mon interlocutrice était médisante, elle
ne calomniait pas. Figurez-vous trois ou quatre
chambres nues, pauvres, mais propres; dans
l'une, un mauvais lit de bois blanc veuf de ses
matelas, une chaise, une petite table de bois noir
couverte de papier, partout des indices d'une mé-
diocrité qui va jusqu'à la gêne et d'un travail ob-
stiné qui la combat; puis, tout à côté, une chambre, une seule, évidemment celle d'une enfant
bien gâtée et bien coupable, ornée de toutes sortes de superfluités : une étagère, un joli tapis à
fond bleu semé de roses et de marguerites, des
rideaux de mousseline blanche, enfin un luxe
frais et charmant qui faisait tout à fait disparate
avec les autres pièces de la maison ; de petites
aquarelles peintes avec goût, et bien encadrées,
ornaient les murs; je m'en approchai et en louai
l'exécution. « C'est de ma fille, monsieur, » me
dit alors le bonhomme avec orgueil. Je sortis
pour résister à l'envie de lui dire qu'il rendait un
bien mauvais service à cette fille en la gâtant
ainsi. Voilà comment j'ai su toute l'histoire.

— Et moi, dit Horace, je la savais depuis longtemps. Pendant plusieurs années, j'ai habité le
faubourg ; je connaissais de vue M. Dubuffe ;
mais j'entendais surtout parler de lui, et je savais
tout ce qui l'intéressait, par sa femme de ménage, qui était la mienne et qui m'avait pris en
affection. Depuis que j'ai quitté ce quartier, elle
ne manque pas, chaque fois que je la rencontre,
de m'arrêter pour me donner toutes les nouvelles
du faubourg. C'est ainsi que j'ai su le retour de
Mlle Marguerite et le dévouement de son père, si
mal récompensé par son orgueil. Elle aime beaucoup le père, et même la fille, en souvenir de
sa mère, qu'elle a connu, et leur a souvent rendu
des services en secret. Cependant, ajouta Horace,
après un moment de réflexion, je dois vous apprendre, pour l'excuse de Mlle Dubuffe, qu'elle
ignore jusqu'où va la gêne de son père ; elle le
croit dans une sorte d'aisance, il le lui a dit et
elle a accepté ses paroles sans réfléchir à ce qui
pouvait en démentir l'effet.

— Mes bons amis, dit alors l'aîné des fils de
Vernes, n'oubliez pas que, quels que soient ses
défauts, Mlle Dubuffe est sous le toit et sous la
protection de mon père ; je vous en conjure, ne

6

témoignez rien qui puisse lui faire croire que nous
avons découvert ses mensonges.

Les jeunes gens s'y engagèrent tous, et, après
avoir causé quelques moments encore, ils quit-
tèrent l'allée, traversèrent le jardin, et rentrèrent
au château.

Que devenait la malheureuse Marguerite? Quel
coup pour son orgueil ! Quelles blessures pour
son cœur ! Pâle, immobile, n'osant pas faire un
mouvement qui aurait décelé sa présence et
amené les témoins de sa honte, elle écoutait, en
respirant à peine, ce trop véridique récit. Combien elle souffrit ! comme cet orgueil si cher, si
longtemps caressé, se trouva flagellé et humilié !
Mais quel tourment, quels remords pour cette
âme, qui n'était qu'égarée, d'entendre dire qu'elle
serait la cause de la mort de son père si bon, si
dévoué ! A cette pensée, il lui sembla que son cœur
se brisait. Tout l'égoïsme de sa conduite, les sacrifices de son père, sa pauvreté qu'elle augmen-
tait par ses caprices, ses besoins réels négligés
pour satisfaire des désirs luxueux, tout lui ap-
parut sous un jour nouveau. Tremblante, éper-
due, elle entendit aussi Horace avouer qu'il savait
tout.

— Depuis longtemps, pensa-t-elle, cet homme si estimable et si droit me méprise ! et pourquoi suis-je venue ici ?

Quand les jeunes gens furent partis, Marguerite attendit quelques minutes encore pour être plus sûre de ne pas les rencontrer. Ensuite elle traversa elle-même l'allée en toute hâte et courut dans sa chambre, dont elle poussa le verrou.

XVIII

Aussitôt que Marguerite se sentit en lieu de sûreté, elle versa un torrent de larmes amères qui la soulagèrent un peu. Il faut dire à sa louange que l'idée la plus pénible pour elle était celle des privations que son père s'imposait en quelque sorte sous ses yeux, sans qu'elle s'en aperçût. Avec quel regret songeait-elle à toutes les babioles dont elle avait orné sa chambre, à ce joli tapis qui avait peut-être coûté trois mois de travail à son père ! Si elle s'était plus occupée de lui et moins d'elle-même, n'aurait-elle pas deviné tout ce que son amour lui cachait si soigneusement ? et Catherine ne le lui aurait-elle pas dit, cette Catherine qui leur rendait service en secret et qui avait la bonté de

l'aimer, tandis qu'elle prenait plaisir à la rebuter
et à l'humilier ?

Dans l'angoisse de son âme, Margerite tomba
à genoux et demanda sincèrement pardon à Dieu
de ses fautes. Jusqu'alors la religion n'avait été
chez elle qu'une habitude ; le malheur en fit un
sentiment. Elle pria et fut soulagée ; ensuite elle
médita sa conduite future et se sentit pleine de
courage pour rendre à son père ce qu'il avait fait
pour elle.

— Pourvu seulement, pensait-elle, qu'il ne
tombe pas malade. Oh ! comme désormais je le
soignerai ! comme je l'aimerai ! comme je serai
attentive à prévenir ses moindres désirs ! Mais
que pourrai-je faire pour gagner de l'argent à
mon tour ? Hélas ! je me rappelle le regard mécontent que m'a jeté hier Horace en me voyant
donner à la pauvre femme autant que Berthe et
ces demoiselles qui sont riches. Il pensait sans
doute : Elle est prodigue du prix des sueurs de
son père ! Encore si je n'avais à me reprocher
que l'argent employé à de bonnes actions ! O mon
Dieu, mon Dieu ! faites que je puisse être aussi
utile à mon père que je lui ai été jusqu'à présent inutile. Je vous sacrifie mon *orgueil*, ou

plutôt, de même que je l'ai mis jusqu'à présent
à paraître au-dessus de ma position réelle, je veux
désormais l'employer à me faire honorer dans la
situation médiocre où je suis, en remplissant
courageusement tous mes devoirs. Oui, je place-
rai cet orgueil, qui m'a si mal servie, à procurer
à mon tour à mon père toutes les douceurs de
la vie. Mais que ferai-je ? Ah ! oui, voici une
heureuse idée : Claire, cette bonne Claire, qui
m'avait offert ses services, ne refusera pas de
me montrer son état de dentellière. Peut-être
aussi trouverai-je quelques élèves à qui je pourrai montrer ce qu'on m'a enseigné à Saint-Denis.
O mon père ! je t'apprendrai que tu as mal jugé
ton enfant en ne la croyant pas capable de supporter avec toi quelques privations !

Et Marguerite releva la tête avec fierté ; ses
yeux brillaient de tout l'éclat d'une bonne résolution ; ses joues étaient en feu.

Elle entendit sonner la cloche du déjeuner de
dix heures ; elle se baigna à plusieurs reprises le
visage avec une eau bien fraîche, pour en faire
disparaître la rougeur, et descendit ensuite dans la
salle à manger, emportant à la main son filet
commencé et dans l'espérance que cette vue fe-

rait diversion et empêcherait de la remarquer.
Elle se trompait cependant; car les dames, qui
étaient déjà réunies, s'aperçurent aussitôt qu'elle
avait pleuré. Mme de Vernes s'approcha avec intérêt, Berthe, avec empressement, et toutes deux
lui demandèrent si elle souffrait. Marguerite, que
leur remarque mettait sur le point de pleurer
encore, balbutia quelques mots d'un mal de tête.
Pressée par Berthe, elle finit par lui dire qu'elle
avait vu en rêve son père très-malade et qu'elle
s'était réveillée en pleurant. Cette raison parut
très-naturelle, et quoique ces dames se moquas-
sent doucement de la crainte qu'elle avait que
son rêve ne se trouvât réalisé, cette crainte leur
expliqua l'état de Marguerite et la tristesse qu'elle
conserva tout le long du jour; elles ne lui en
parlèrent plus, on s'attacha seulement à la distraire. Les messieurs arrivèrent, on recommença
à parler de la partie de pêche; les demoiselles
reprirent leurs filets. Marguerite avait de la force
d'âme et de la fermeté. Décidée à changer de
conduite à Amiens, elle l'était également à ce
que personne, au château, ne pût soupçonner
combien elle était à plaindre. Elle travailla donc
courageusement; seulement, quand son panier

fut achevé, elle prévint Berthe qu'elle allait se
renfermer dans sa chambre et se mettre sur son
lit pour tâcher, par deux heures de sommeil,
de faire disparaître entièrement son mal de tête.

Il va sans dire que Marguerite n'essaya pas
même de dormir ; elle se mit à un petit bureau
et écrivit la lettre suivante :

« Cher et bon père,

« Je crains que tu ne prennes trop bien ton
parti de mon absence, puisque tu ne viens pas
me réclamer. Je ne me déshabitue pas aussi facilement de te voir ; car je dois te dire que je com-
mence à trouver le temps horriblement long dans
cette maison, qni n'est pas la tienne, et où parmi
tant de visages je ne vois pas le plus aimé de
tous, celui de mon excellent père. J'ai résolu
que la journée de demain me reverrait dans ma
chère petite chambre du faubourg, que je n'ai
jamais si bien appréciée, et où il me semble
que je me trouverai plus heureuse que partout.
Tu sais, papa, que tu m'as donné la mauvaise
habitude de dire : Je veux ? Pour cette fois, encore, laisse-moi donc donner mes ordres. Que
demain matin Catherine prenne une voiture et

qu'elle vienne me chercher de ta part, en disant que tu es malade, pour que je puisse partir sur-le-champ. Si tu venais toi-même, on te retiendrait, nous n'aurions pas de raison à alléguer pour résister à une invitation ; reste donc à Amiens et rappelle-moi. La place d'une fille est à côté de son père ; désormais je ne veux plus quitter le mien.

« Pourvu encore que Catherine veuille bien venir me chercher ! Dis-lui combien je lui serai reconnaisante de sa complaisance, et décide-la à me donner une preuve de plus de sa bonté pour notre famille.

« Adieu, cher papa ; je t'embrasse sur les deux joues, en attendant demain. Recommande à Catherine de partir de grand matin ; je serai prête avant sept heures. »

Marguerite data sa lettre. Descendant ensuite par un escalier de service, elle alla jusqu'à la ferme et s'informa si, comme cela arrivait habituellement, quelqu'un allait à Amiens. Justement le fermier y avait affaire ; sa carriole était attelée ; il allait partir. Il se chargea de remettre la lettre à son adresse, et Marguerite remonta chez elle le cœur plus léger.

6.

C'était pour cette jeune fille fière un véritable supplice que de vivre au milieu des cinq jeunes gens qui la connaissaient et la méprisaient. Elle évitait de les regarder et de leur parler ; mais il arrivait parfois que les fils de Vernes, toujours polis, lui adressaient la parole en la nommant, comme d'ordinaire, Mlle *de* Buffe ; alors sa souffrance devenait plus vive, elle croyait voir percer l'ironie dans cette dénomination et répondait à peine en rougissant beaucoup.

Une pensée religieuse vint cependant calmer son chagrin.

— J'ai été coupable, se dit-elle, je dois expier. De quel droit demanderais-je pardon à Dieu, si je refusais de souffrir la peine qu'il m'inflige ? C'est en me résignant que je puis effacer ma faute, je me résignerai donc.

Dès ce moment Marguerite fut plus tranquille et plus naturelle. Son air un peu grave, son silence furent attribués à un reste de mal de tête.

Pendant la partie de pêche aux écrevisses, où, bon gré mal gré, elle fut souvent distraite de ses tristes pensées, voyons un peu ce que devenait le pauvre père, privé de sa fille, de son trésor.

XIX

Les premiers jours de l'absence de sa fille, le
temps ne parut pas trop long à M. Dubuffe ; il
travaillait davantage et mangeait moins pour
combler le vide que son départ avait occasionné
dans sa bourse ; mais quand les journées, venant
à se succéder, ne lui offrirent plus la vue de ce visage chéri pour lui donner du courage et de la joie,
le pauvre père devint comme un corps sans âme.
Il errait çà et là dans le jardin, regardant seulement les fleurs que sa fille préférait ; il allait dans
sa jolie chambre bleue, touchait les meubles, s'as-

seyait sur la chaise où elle se mettait habituellement; c'était, il lui semblait, quelque chose d'elle.
Ainsi s'écoula la première semaine; le dernier
jour, il lui écrivit pour lui dire qu'il se portait à
merveille, qu'il se promenait avec ses voisins, ja-
sait avec Catherine et ne s'ennuyait point du tout.
Comme à l'ordinaire, Marguerite crut de tout
point ce mensonge paternel, qui lui sauvait un
remords. La deuxième semaine s'écoula plus lentement encore pour le père Dubuffe; il eut plusieurs accès de fièvre; ce qui l'obligea à travailler
moins. Catherine le soigna avec zèle, mais elle
chercha en vain à le distraire par quelques commérages, il n'y faisait pas attention; sa pensée
était avec sa fille. Qu'on juge donc de son bonheur lorsqu'il reçut la lettre qui lui annonçait
son retour et marquait tant d'impatience de le
revoir. Il se leva aussitôt de son lit, où la fièvre
le retenait.

— Catherine, je ne suis plus malade, ma fille
revient! Le temps lui dure après moi, Catherine!
Ah! je peux dire sans mentir qu'il ne m'a pas
paru court. Elle ne veut plus quitter son vieux
père...., moi non plus; je languissais trop sans
elle! Mais comprenez-vous, Catherine, qu'au mi-

lieu de tant de monde, de tant de plaisirs, Marguerite me regrettait ? Cette chère mignonne ! Mais à propos, dit-il tout à coup avec inquiétude, vous pourrez y aller demain, n'est-ce pas, ma bonne Catherine ? Si vous saviez comme elle vous en prie gentiment ! Tenez, écoutez.

Et M. Dubuffe recommença à haute voix la lecture de la lettre ; le style en étonna Catherine.

— Qui dirait, pensait-elle, que c'est cette orgueilleuse Marguerite qui a écrit ces jolies choses? Oui, monsieur, dit-elle ensuite haut, certainement, j'irai ; ne faut-il pas bien vous empêcher de tomber tout à fait malade? Il n'y a que la vue de Mlle Marguerite pour cela. Soyez tranquille, je vais arrêter une voiture, et demain, avant votre lever, je serai partie.

Il la remercia vivement et passa le reste de la journée à penser au lendemain. Sa joie n'était cependant pas sans mélange. En relisant encore la lettre de Marguerite, il avait été frappé de quelques passages qui témoignaient de la tristesse et faisaient pressentir des déceptions.

— Est-ce que ma pauvre enfant aurait eu à se plaindre de quelqu'un ? se disait-il.

Mais cette crainte se fondit bientôt dans le bonheur qu'il éprouvait. Il dormit peu la nuit; ce qui fut cause que son sommeil se prolongea assez avant dans la matinée.

XX

De son côté, Marguerite ne dormit guère. Levée avec le jour, elle avait fait sans bruit ses petits préparatifs de départ, et avait écrit à Berthe
un mot pour expliquer son départ ; à sept heures
elle attendait. A sept heures aussi, la vieille Catherine, dont l'exactitude était une des vertus, arrivait, et la voiture s'arrêtait devant la grille.
Marguerite descendit aussitôt et alla au-devant
de la femme de ménage. Elle lui tendit la main
et la remercia de sa complaisance ; puis, appelant un domestique, elle fit porter son petit ba-
gage à la voiture, laissa tout ce qu'elle avait d'argent pour étrennes aux gens de la maison qui

s'étaient particulièrement occupés d'elle, et allait
partir, quand la femme de chambre de la comtesse de Vernes vint à elle et la pria, de la part
de sa maîtresse, d'entrer dans sa chambre.

— Madame est encore au lit, dit cette fille; mais
elle a entendu que mademoiselle va quitter le
château et elle désirerait la voir avant son départ.

Bien que cette demande contrariât beaucoup
Marguerite, elle se mit en devoir d'y obtempérer.

La comtesse s'était toujours montrée très-bien-
veillante pour elle; en effet, cette dame avait
pris une sorte d'affection pour Mme Dubuffe; elle
la trouvait aimable, gracieuse et remplie de distinction; d'ailleurs, Berthe l'aimait; c'en était
assez pour que sa mère la vît avec plaisir.

— Est-il bien vrai que vous nous quittiez? lui
dit-elle aussitôt qu'elle l'aperçut. Pourquoi donc
ce prompt départ?

Marguerite dit que son père, étant malade,
n'avait pas pu lui écrire pour la prévenir; qu'il
avait espéré venir la chercher lui-même, mais
que son indisposition se prolongeant, il ne pouvait pas davantage se passer de sa fille et avait
envoyé sa femme de...confiance pour la lui ramener.

— Si monsieur votre père est malade, dit la comtesse, il n'y a pas moyen de vous retenir. Que va dire ma pauvre Berthe à son réveil? Vous lui écrirez?

— Ah! Madame, c'est bien mon intention! Auriez-vous la bonté de faire présenter mes respects au général et de lui dire combien je lui suis reconnaissante ainsi qu'à vous de l'accueil que j'ai reçu?

— J'aime mieux lui dire que vous reviendrez bientôt; ce sera, d'ailleurs, la manière de nous prouver que vous êtes contente de votre séjour ici. Je ne veux pas vous retenir plus longtemps, puisqu'on vous attend. Adieu donc, ma chère Marguerite... A propos, vous pourriez peut-être me rendre un service. Nous avons encore plusieurs mois à passer à la campagne. Je voudrais bien que Berthe se remît au piano; mais elle n'aura jamais le courage de le faire seule. Tâchez donc de me découvrir quelque maîtresse de piano passable qui veuille bien venir trois fois par semaine lui donner une leçon. Il faudrait que ce fût le matin, pour ne pas déranger nos parties de campagne, de huit à neuf, par exemple. Vous offrirez 6 fr. par cachet, au lieu de 2 et 3 qu'on

paie à Amiens. Il faut bien qu'on ait le moyen
de faire la course en voiture, ou qu'on soit payé
de sa peine, si on la fait à pied.

Marguerite promit de s'occuper de la commission et prit congé de la comtesse les larmes aux
yeux.

— Je ne la reverrai plus, pensait-elle; je ne reviendrai plus jamais dans cette maison hospita-
lière.... Ah! plût au ciel que je n'y fusse jamais
venue!

Elle monta en voiture avec Catherine et perdit
bientôt le château de vue ; alors ses idées prirent
une autre direction. Elle songea à son père et
s'empressa de demander à Catherine de ses nouvelles.

— Il était au lit avant-hier, répondit la vieille
femme; mais il n'a pas voulu se coucher hier ; il
a prétendu que votre lettre l'avait guéri et a passé
son temps à ranger votre chambre et votre jardin.

— Mais, Catherine, il a donc été vraiment malade, pour s'être mis au lit ?

— Dame! oui, mam'selle, malade comme il
l'est depuis longtemps, seulement un peu plus.

— Que dites-vous, Catherine? mon père malade depuis longtemps? Mais je ne m'en suis jamais aperçue.

— C'est votre faute, répondit Catherine d'un ton bourru ; si, au lieu de rester à rêvasser dans votre chambre, vous vous étiez occupée de lui, vous auriez vu comme moi qu'il tremblait souvent la fièvre, le pauvre homme.

Dans toute autre occasion, Marguerite n'aurait pas supporté ce langage et ces reproches ; mais elle se sentait si coupable, qu'ils passaient sur elle sans exciter autre chose que le remords.

— Mon père travaille peut-être trop, dit-elle timidement ; il faudra qu'il se repose.

— Qu'il se repose ! riposta Catherine avec la même rigueur. Et comment vivrez-vous tous deux ? N'est-ce pas son travail qui vous nourrit? Vous mourriez bien de faim avant de vous résoudre à faire œuvre de vos dix doigts ! Dans la maison, c'est lui qui est la recette et vous la dépense. Faut bien un excès de travail pour compenser un excès de paresse. Quand la fille se lève à dix heures pour déjeuner, faut bien que le père se lève à cinq heures pour balayer, manger son pain sec et se mettre à écrire..... Dieu punit les enfants ingrats, mam'selle !

— Il m'a déjà punie, répondit Marguerite en
montrant son visage baigné de larmes. Il m'a
déjà punie, et tout ce que vous me diriez, Catherine, je me le suis dit cent fois depuis hier à moi-
même. Mais comment! mon pauvre père balayait,
dites-vous ? Pourquoi aurait-il fait votre besogne ?

— Ma besogne ? Ce ne l'était pas du tout.
Croyez-vous que pour la modique somme de 3 fr.
par mois, sans être nourrie, vous trouverez une
femme de ménage qui puisse s'occuper de vous
du matin au soir ? Non, non. J'ai mon ménage
et un autre à faire par-dessus le marché. Je
n'entre chez vous qu'à dix heures. Toute la maison est déjà appropriée à cette heure-là par votre
père. Il n'y a que votre chambre qui est à faire
et que je fais. Il déjeune, comme je vous l'ai dit,
avec un morceau de pain et de la bière. Il y joint
quelquefois un morceau de fromage. Ce n'est
donc que pour vous qu'à dix heures je mets sur
la table un morceau de viande de la veille, des
fruits et du café au lait. Dans l'après-midi, je
fais votre dîner, et le soir je relave ; vous voyez
que je suis bien occupée pour le gain que ça me
rapporte !

— J'ignorais tous ces détails, dit Marguerite, le cœur oppressé, je ne croyais pas mon père pauvre ; pourquoi me l'a-t-il caché ? Mais n'aurai-je pas dû le deviner ? Je suis plus coupable encore que je ne l'avais pensé. Catherine, ma bonne Catherine, vous me mettrez au fait du ménage, je ne veux plus que mon père travaille comme il le fait. Je suis bien novice dans toutes ces choses ; mais je suis forte, j'ai de la santé et de la bonne volonté, j'espère en venir à bout avec vos conseils. Vous ne me les épargnerez pas, n'est-il pas vrai, Catherine ? Vous n'abandonnerez pas la fille de celle que vous avez aimée et soignée ? Vous l'aimerez aussi un peu, vous l'aiderez à réparer de grands torts ? Pourvu qu'il ne soit pas trop tard ! Pourvu que la santé de mon père, déjà altérée.....

Marguerite ne put continuer. Cette pensée cruelle de son père mourant par sa faute, d'un excès de travail et de fatigues, la fit de nouveau fondre en larmes. Catherine, heureuse du changement qui s'était opéré en elle, mit de côté sa brusquerie habituelle et ne s'appliqua plus qu'à la consoler par l'assurance que son père recou-

vrerait facilement la santé à l'aide du repos et du
contentement.

Vernes, comme nous l'avons dit, n'était qu'à
une lieue d'Amiens. Cette distance fut bientôt
franchie et bientôt la voiture s'arrêtait devant la
porte de la patite maison du faubourg, et la por-
tière était ouverte précipitamment par un vieil-
lard dans les bras duquel Marguerite se jetait en
s'écriant :

— Mon père, mon bon père ! que je suis heureuse de te revoir !

— Et moi donc ! dit Dubuffe en essuyant une
larme que la joie faisait couler. Jour de Dieu !
que le temps m'a paru long !

— Alors, pourquoi ne m'as-tu pas rappelée ?

— Pourquoi faire? Tu étais bien, tu t'amusais.
Il ne faut pas aimer en égoïste, rien que pour soi.
Mais montons, mon enfant, tu dois avoir faim ;
les enfants c'est comme des oiseaux, ça a le bec
ouvert et l'appétit idem, aussitôt qu'il fait jour.

— Non, papa, je n'ai pas grand'faim ; mais
n'importe, montons ensemble.

Je t'ai préparé du café au lait, mon enfant,
dit le père Dubuffe en entrant avec elle dans la
salle à manger.

Cette nouvelle preuve des soins que prenait son père fit venir les larmes aux yeux de Marguerite ; mais, songeant que c'était la dernière fois qu'elle permettrait que son père s'occupât de ces détails, et ne voulant pas lui gâter sa joie, elle rappela sa gaîté, déjeuna avec lui et l'amusa par le récit de tout ce qu'elle avait fait au château. Il va sans dire qu'elle passa sous silence les sujets de chagrin qu'elle y avait eus.

Elle traça les portraits de tous ceux avec qui elle avait vécu pendant quinze jours. Quand elle en fut à Horace, elle en fit quelque chose de si grand, de si noble, de si estimable, que son père, émerveillé, s'écria :

—Voilà un brave jeune homme ! Vous deviez être bien ensemble !

— C'est ce qui te trompe, cher papa, répondit la jeune fille en souriant et soupirant à la fois au souvenir des mauvais compliments qu'Horace lui faisait habituellement, et du mépris dont elle était présentement l'objet. M. Horace avait découvert en moi une multitude de défauts auxquels il faisait journellement la guerre. Nous étions très-mal ensemble ; je ne pouvais rien dire sans qu'il me contrariât et eût l'air de hausser

les épaules. Il le faisait peut-être parce qu'il ne
m'aimait pas ; mais n'importe, ses avis ne m'en
ont pas moins profité ; et si, à l'avenir, ta fille te
paraît moins imparfaite que par le passé, c'est à
M. Horace que tu en auras l'obligation.

Le repas se passa dans ces bonnes causeries.
Ensuite, M. Dubuffe alla à ses écritures, après
toutefois qu'il eut promis à sa fille ne n'y pas
passer trop de temps. Lorsqu'il fut sorti, Marguerite, entrant dans son nouveau rôle de
femme de ménage, ôta la table, rangea chaque
chose à sa place et donna un coup de balai à la
salle à manger. Puis, allant dans sa chambre,
elle y prit un fauteuil, le seul qui existât dans
la maison, et l'apporta dans la chambre de son
père. Elle y transporta également un petit tapis
de pied, mit deux jolis vases sur la cheminée et
les garnit de fleurs. La chambre, ainsi soignée,
prit un air de fête. Le cœur de Marguerite était
en fête aussi ; car elle sentait avec joie qu'elle
pourrait faire tous les sacrifices à son père. Cette
conviction la relevait à ses propres yeux et l'ab-
solvait de ses fautes passées.

XXI

La grande ambition de Marguerite était de gagner assez pour que son père se reposât. Mais combien fallait-il pour cela ? Quelles étaient les ressources de son père, le chiffre de sa pension de retraite ? Que lui donnait-on pour les deux tenues de livres dont il s'occupait ? Combien fallait-il à deux personnes pour vivre modestement, mais sans privations ? Elle ne savait pas le premier mot de tout cela ; elle ignorait le prix des denrées les plus habituelles. Pendant qu'elle réfléchissait, Catherine vint à passer sous sa fenêtre ; elle l'appela. La femme dé ménag monta.

7

— Catherine, lui dit la jeune fille après l'avoir engagée à s'asseoir, j'ai besoin de bien des renseignements pour entrer dans la nouvelle vie que je veux embrasser. Voulez-vous me les donner ?

Catherine l'assura de sa bonne volonté.

— Eh bien ! apprenez-moi quelle est au juste la fortune de mon père et quelle est la somme qu'un ménage modeste de deux personnes comme nous doit dépenser par an, en retranchant toutes superfluités.

— Dame ! le père Dubuffe m'a souvent dit qu'avec cette petite maison, qui est estimée 6,000 fr., il n'a que sa retraite de 450 fr. Quant aux tenues de livres, il y a l'épicier qui lui donne 400 fr. par an, et Bertrand, le marchand de farines en gros, qui lui en donne 600.

— Cela fait donc 1,450 fr.

— Oui, plus le logement.

— Et peut-on vivre avec cela ?

— Sans doute, mais bien petitement, et je crois bien que ça n'aurait pas suffi depuis que vous êtes ici, sans la petite réserve de votre père qui durait encore.

— Oui ; mais combien de petites dépenses faites pour moi sans utilité !

— Ah ! ça je ne dis pas. C'était le plaisir du père Dubuffe.

— Elles ne se renouvelleront pas. Ainsi, ma bonne Catherine, si je gagnais seulement 1,200 fr. par an, mon père ne serait plus obligé de travailler ?.

— *Seulement* 1,200 fr., mademoiselle ! Comme vous y allez ! Et où voulez-vous les prendre ?

—Dieu m'inspirera, Catherine ; mais il faut que je les trouve. En attendant, ne parlez de rien à mon père.

Catherine le lui promit et la quitta pour aller soigner son dîner.

M. Dubuffe ne devait pas rentrer encore. Marguerite prit son châle, son chapeau, et sortit de la maison.

Fidèle à ses résolutions, Marguerite allait demander à Claire son aide et ses conseils.

Comme à l'ordinaire, la jeune dentellière était seule dans sa chambre, près de sa fenêtre, son métier sur ses genoux ; ses doigts déliés et agiles

mêlaient et démêlaient, sans se tromper, une
vingtaine de fuseaux qui confectionnaient en ce
moment une petite valenciennes.

Elle entendit frapper deux petits coups et
dit : « Entrez. » La porte s'ouvrit, et Marguerite parut.

Claire rougit de surprise et de plaisir. Cette
visite était si inattendue, si inespérée ! On doit
se souvenir que le cœur généreux de la pauvre
ouvrière avait toujours excusé la conduite impolie de son orgueilleuse voisine. Longtemps elle
avait été portée à l'aimer, longtemps elle avait
désiré voir se renouer ces liens d'enfance qui
avaient laissé chez elle un si doux souvenir ;
mais elle avait cessé d'espérer, et, tout en se
résignant, elle regrettait. Qu'on juge de sa vive
émotion en voyant paraître si opinément, dans
sa chambre solitaire, celle pour qui elle n'avait
pas cessé de ressentir le plus tendre intérêt !
Elle pouvait à peine en croire le témoignage de
ses sens en écoutant cette fière Marguerite s'ac-
cuser humblement de ses torts, en implorer le
pardon et lui demander son amitié.

La bonne Claire n'eut pour elle que de douces
paroles.

— Que je suis heureuse, disait-elle, de vous voir venir à moi ! Je vous aimais auparavant ; mais vous ne vous souciiez pas de la pauvre ouvrière ; à présent vous acceptez mon amitié. Ah ! elle vous est acquise pour jamais.

Marguerite, sachant que sa confiance serait bien placée, lui raconta son séjour au château de Vernes, le coup que son orgueil y avait reçu et la résolution qui en avait été la suite.

Claire l'encouragea, la consola.

— Dieu avait ses desseins sur vous, lui dit-elle, quand il vous a envoyé ces humiliations. Il a voulu vous montrer la laideur du péché auquel vous vous abandonniez et vous corriger par le chagrin que vous éprouvez. Ce chagrin ne sera pas de longue durée, et, quand il aura disparu, ses bons effets subsisteront. Dieu est bien bon ; il châtie ceux qu'il aime ; mais c'est pour les ramener à lui, et votre propre expérience vous a prouvé qu'en même temps qu'il envoie l'épreuve il envoie aussi la force pour la supporter. Du courage donc, ma chère amie. Ne conservez de votre ancien orgueil que ce qui peut vous porter au bien. Mettez-le à accomplir tous les devoirs de votre position ; votre conscience vous récompensera de vos efforts.

— Telle est bien mon intention, dit Marguerite. Je reconnais que j'avais mérité cette rude leçon. Je ne murmure pas contre la Providence et je ne demande à Dieu que deux choses : l'une, c'est la santé de mon père ; l'autre, c'est de m'accorder la grâce de gagner désormais et seule notre subsistance commune. J'ai compté sur votre bonté, Claire, pour m'aider sur ce point. Vous travaillez comme une fée. Pensez-vous que je pourrais devenir dentellière comme vous ?

— Je n'en doute pas. Avec de l'adresse et de la bonne volonté, vous ne pouvez manquer de devenir plus habile que moi. Tenez, justement, je puis vous prêter un métier. Ma sœur Thérèse avait voulu essayer de faire de la dentelle ; mon père lui acheta un carreau et je lui donnai des leçons. Mais elle a très-peu de patience ; puis elle n'aimait pas à rester à la maison, elle préférait travailler au dehors ; elle a laissé là son métier, qui peut parfaitement vous servir. Il y a justement une petite dentelle bien facile qui est commencée dessus.

— Et combien gagnez-vous par jour ? demanda Marguerite.

— A peu près 2 fr. quand je fais de la dentelle ; mais 3 et 4 fr. quand j'en blanchis à neuf ou que je la raccommode. Tout cela n'est pas difficile à faire quand on a un peu de goût et un peu de patience. Je suis sûre que vous serez bientôt passée maîtresse.

— Dieu vous entende, ma bonne Claire ! Vous me rendez ma tâche plus facile et plus douce par votre amitié et par votre exemple. Ah ! comment ai-je pu la dédaigner si longtemps !

— Ne parlons plus de ces mauvais jours, dit Claire en l'embrassant ; vous avez tout réparé.

L'heure du dîner s'approchait. Marguerite prit congé de sa nouvelle amie, après être convenues ensemble qu'elle reviendrait le lendemain matin prendre sa première leçon.

De retour à la maison, elle trouva Catherine qui mettait le couvert. Comme d'ordinaire il y vait une bouteille de bière devant l'assiette de M. Dubuffe, une bouteille de vin devant celle de sa fille.

Marguerite changea la place respective des deux bouteilles.

Elle instruisit Catherine de sa visite chez Claire
et de leurs projets. Elle croyait, avec raison, devoir une réparation à la vieille femme de ménage, qui avait toute l'estime de son père et qui
avait possédé l'amitié de sa mère. Marguerite savait qu'elle ne pouvait pas lui faire un plus grand
plaisir que de lui donner aussi une marque de
confiance. En effet, Catherine en parut satisfaite
et, dès ce jour, elle se prit à aimer cette jeune
personne comme elle avait aimé sa mère. Son
humeur s'adoucit ; elle ne fut plus occupée qu'à
rendre service à Marguerite, à lui éviter quelque
peine, et elle la loua et la prôna partout autant
qu'elle l'avait dénigrée.

Marguerite se mit à la fenêtre, et, du plus loin
qu'elle vit arriver son père, elle courut à sa rencontre. Il la trouva à la porte de la maison. Elle
l'embrassa tendrement, en le grondant néanmoins
de ce qu'il arrivait si tard. Quand ils furent en-
trés, elle lui ôta son chapeau, prit ses papiers,
qu'elle déposa sur son bureau, lui essuya le front,
que la forte chaleur de la journée avait mouillé,
enfin lui rendit ces mille petits soins si doux à
donner comme à recevoir quand on s'aime. Tout
ce que sa fille faisait de bien ne pouvait pas éton-

ner le père Dubuffe, parce qu'il la croyait de
de bonne foi à peu près parfaite. Cependant il
se sentit tout attendri de ces manières inaccoutu-
mées ; ce fut bien pis lorsque, promenant ses regards tout autour de sa chambre, il put consta-
ter les changements qu'elle avait subis. Quand
Marguerite s'aperçut de son étonnement, elle se
mit à rire et à sauter dans la chambre.

— Ah! tu veux ne t'occuper que de moi, et tu
ne me permettrais pas de songer à toi! Je te pré-
viens, papa, que les rôles sont changés. Tu ré-
gneras, si tu veux, mais je gouvernerai. Je met-
trai ce que je voudrai dans ta chambre....

— Mais, ma fille...

— Et pour peu que tu te révoltes, je te donnerai la mienne, et je viendrai élire domicile dans
celle-ci, qui n'est pas belle, malgré tout ce que
j'ai pu faire.

— Mais, mon enfant, dit encore le père, qui
pressentait quelque tristesse à travers les gaîtés
de sa fille, pourquoi ces changements ? Qu'y a-t-il
donc de nouveau ? Je te trouve pâlie.... Tu ris
comme si tu voulais cacher des larmes... Ma fille
chérie, n'es-tu pas heureuse? Conte-moi tout. Va,
on ne peut pas en imposer à un père... Tu as eu

7.

quelque chagrin au château. Parle, mon enfant,
dis vite, ou tu me feras mourir d'inquiétude!

Ces paroles affectueuses mirent Marguerite tout
à fait hors de garde. La dissimulation lui devint
impossible. Elle se jeta sur le sein de son père
et pleura... Mais, l'entendant se désoler, elle se
reprocha vivement son peu d'empire sur elle-
même, et, relevant la tête, elle sourit à travers
ses larmes.

— Tiens, père, lui dit-elle, je vais tout te dire.
J'ai entendu une conversation entre deux jeunes
gens, au château. L'un, qui te connaît, je ne sais
comment (Marguerite jugeait inutile de parler de
Catherine), l'un disait à l'autre que tu étais
l'homme le meilleur, le plus estimable qu'on pût
voir, et que tu n'avais qu'un tort, celui d'avoir
gâté ta fille. Il ajoutait que cette fille, peu digne
de l'amour d'un tel père, ne lui rendait pas les
soins et la tendresse qu'elle en recevait. Il disait
encore que tu te rendais malade à force de travail.

— Mais non, non, ma fille.

— Alors, j'ai réfléchi. J'ai vu que j'avais en effet bien des reproches à me faire, et je ne me par-
donnerai que quand tu m'auras laissée te soigner

et le gâter comme tu m'as soignée et gâtée pendant si longtemps. Quand je suis revenue, j'ai remarqué que tu avais maigri... Père, je ne veux plus que tu travailles.

— Ton monsieur disait des bêtises, dit Pierre Dubuffe en haussant les épaules. De quoi se mêle-t-il? Tu étais là, bien souriante, bien heureuse, et il est venu gâter ta joie. Je me porte bien, tu es une bonne fille. Si j'ai un peu maigri, c'est l'effet des chaleurs. Je ne veux pas que tu te tourmentes.

— Aussi ne me tourmenterai-je pas, si tu veux me promettre de ne plus travailler ainsi.

— Mais c'est impossible, ma fille! Songe donc que nous ne sommes pas riches !

Le père Dubuffe n'osait pas encore dire: Nous n'avons rien.

— Je le sais, dit Marguerite, nous sommes pauvres et nous vivons du produit de ton travail. Eh bien ! nous vivrons du mien, et voilà tout ! Sais-tu, papa, que, depuis mon retour de Saint-Denis, j'ai mené la vie la plus triste, malgré toutes tes bontés? Cela vient de ce qu'elle était oisive. Je m'ennuyais, c'est parce que je ne faisais rien. Ne te rappelles-tu pas que je ne savais presque plus sourire, que rien ne me faisait plaisir, que je payais ainsi ton dévouement d'ingratitude? Je travaillerai désormais et n'aurai plus le temps de m'ennuyer. Tu verras ma gaîté revenir, je me sens déjà plus heureuse en formant ce projet. Toi, tu te reposeras, tu iras voir tes anciens compagnons d'armes, tu les engageras à venir quelquefois à la maison, où ils trouveront un bon accueil. Puis, quand la journée sera finie, nous irons respirer ensemble l'air pur des champs. Oh! je me fais une fête de ma vie nouvelle!

M. Dubuffe ne résista pas davantage. Il promit à sa fille de la laisser agir à sa guise et, jusqu'au rétablissement complet de sa santé, de travailler très-peu.

En conséquence de sa promesse, il but du vin à ses repas et mangea les morceaux les plus délicats, que Marguerite lui choisit avec soin.

XXII

Cependant Marguerite n'était pas sans inquiétude. Elle ne doutait ni de ses forces ni de sa bonne volonté ; mais elle savait que pour le moment cela ne lui ferait pas gagner sa vie; elle comprenait bien qu'il fallait un certain temps d'apprentissage au métier de dentellière pour être en état de travailler fructueusement. Et jusque-là il faudrait donc que son père continuât à travailler, à se fatiguer comme il l'avait déjà fait, lui, déjà souffrant, déjà faible, qui avait tant besoin d'un repos complet d'esprit et de corps !

Une semaine après son arrivée, Marguerite,

rentrée dans sa chambre après plusieurs heures
d'un travail assidu auprès de l'aimable Claire,
réfléchissait tristement à sa position, quand une
inspiration soudaine vint lui donner les moyens,
qu'elle désirait si ardemment, d'être tout de suite
utile à son père, et éclaira son front de joie.
La comtesse de Vernes lui avait demandé une
maîtresse de piano pour Berthe. Souvent, bien
souvent elle avait loué son talent. Une fois elle
avait dit que si Marguerite était dans le cas de
faire usage de son talent, elle la préférerait à
toutes les maîtresses d'Amiens. La comtesse avait
parlé de donner 6 fr. par cachet, à cause de la
distance, qui exigeait une voiture, à ce qu'elle
croyait.

— Je suis jeune, je suis forte, pensa Marguerite, je ferai l'économie de cette voiture, à moins
d'un temps trop affreux, je marcherai. 6 fr. par
cachet, trois fois par semaine, cela fait 72 fr.
par mois. Oh! quel bonheur! mon père ne tra-
vaillera plus! Sa pension et mon travail nous
suffiront.... Car, lorsque Berthe retournera à
Paris cet hiver, je saurai faire de la dentelle, je
serai aussi habile que Claire et je gagnerai comme elle. D'ailleurs, pourquoi, lorsque Berthe

sera partie, ne la remplacerais-je pas par quelques élèves qu'on tâcherait de me découvrir à Amiens ?

Dans la joie d'avoir trouvé cet expédient, Marguerite courut auprès de Claire pour lui en faire part. Mais elle y rencontra Thérèse, qu'elle n'avait pas vue encore, et sa présence arrêta ses épanchements. Thérèse, qui savait par sa sœur le changement de Marguerite, alla aussitôt vers elle.

— Eh bien ! lui dit-elle en lui donnant familièrement une petite tape sur l'épaule, vous voilà donc des nôtres et ouvrière comme nous ? Cela vous a fatiguée de faire la grande dame dans votre chambre, sans voir un chat, et vous avez trouvé qu'il vaut mieux travailler et s'amuser ensemble que de s'ennuyer toute seule. Si nous avions un mauvais caractère, nous vous aurions joliment renvoyée, après toutes les avanies que vous nous avez faites ! Mais Claire est une sainte, et moi je suis une bonne enfant, quoiqu'un peu vive ; je pense donc que nous serons bien ensemble, maintenant que vous ne faites plus la mijaurée.

Marguerite, pendant cette tirade, avait senti

plus d'une fois son ancien orgueil se réveiller, couvrir ses joues de rougeur et amener sur ses lèvres des paroles mortifiantes. Elle appela ses bonnes résolutions à son aide et se dit que la familiarité d'une personne commune comme Thérèse était une expiation de plus de ses torts, et l'exerçait à cette vertu d'humilité qu'elle voulait acquérir.

De son côté, Claire fut très-choquée du ton de sa sœur.

— Thérèse, lui dit-elle toute fâchée, tes paroles et tes manières disent assez que tu n'es pas l'égale de Mlle Dubuffe et qu'il y a de la condescendance à elle à descendre jusqu'à nous. La différence qui existe entre vous deux se fera, je le crains, toujours sentir ; mais ce ne sera pas la faute de Marguerite. Ne t'ai-je pas dit, ma sœur, ajouta-t-elle plus doucement, que M. Dubuffe avait laissé ignorer sa position et ses sacrifices à sa fille ? Aujourd'hui qu'elle les connaît, elle prend avec courage et dignité un parti difficile. Elle se résout à changer de vie, à se faire mercenaire ; elle choisit d'humbles amies, elle s'acharne à un travail auquel elle ne fut pas habituée ; elle accepte, elle recherche une vie de

privations et de fatigues. Ah ! ma sœur, serais-
tu capable de tant de dévouement et de courage ?

— Possible que non, fit Thérèse légèrement.

— Ma bonne Claire, dit à son tour Marguerite, vous exaltez trop ma conduite. Elle n'a rien
que de très-naturel, et il faudrait que je fusse
tout à fait mauvaise fille pour agir autrement.
Quant à Thérèse, elle est parfois un peu rude ;
si j'ai besoin de leçons, je la prierai de m'en
donner.... En attendant, comme j'ai la meilleure
volonté possible de ne plus faire *la mijaurée*, j'espère que nous vivrons, comme elle le dit, en
bonnes amies.

Thérèse parut satisfaite. Elle causa quelques
moments avec sa sœur et leur nouvelle compagne, puis descendit dans la rue ; car elle
ne restait jamais renfermée longtemps dans une
chambre quand cela n'était pas nécessaire. Il
lui fallait du mouvement, du grand air, et les
petits commérages d'autres jeunes ouvrières du
faubourg qui se réunissaient à elle après le travail.

Restée seule avec Claire, Marguerite s'empressa

de lui faire part de son nouveau projet. Claire l'embrassa avec attendrissement.

— Pauvre enfant, lui dit-elle, vous oserez paraître, *pour gagner de l'argent,* dans une maison où vous avez vécu comme l'égale du plus noble de ceux qui l'habitent ! Vous ne serez pas humiliée de recevoir un salaire de la comtesse, qui vous traitait comme sa fille ? Avez-vous réfléchi à son étonnement, à celui de Berthe ? Et si l'on vous traite avec morgue, avec hauteur, si l'on vous fait faire antichambre, si les domestiques qui vous ont servie avec respect vous regardent d'un air familier, êtes-vous suffisamment préparée ? Êtes-vous assez forte, assez patiente, assez pieuse enfin, car c'est tout dire, pour tout souffrir, tout endurer ?

— Je le suis, répondit résolûment Marguerite. J'oublierai ce que j'ai été, je me rappellerai qui je suis. Je me souviendrai surtout de mon père malade, qui devra désormais à sa fille la santé et le repos.

— Chère Marguerite, je ne puis assz louer et admirer votre courage ; car, pour aller donner des leçons à Berthe, il faudra qu'elle sache que vous avez besoin de gagner de l'argent, vous, la

fille du colonel de Buffe, possesseur d'une maison qui vaut 400,000 écus. Que ferez-vous? que
direz-vous?

— La vérité, toute la vérité. J'écrirai demain
à la comtesse ; je m'accuserai près d'elle du détestable orgueil qui m'a conduit à toutes sortes de fautes, à toutes sortes de mensonges.
Je lui demanderai si elle veut oublier Marguerite de Buffe et recevoir chez elle la maîtresse de
piano de sa fille, comme si elle ne l'avait jamais
connue.

— Bien, Marguerite ; je vois que vous êtes en
effet forte et résolue. C'est Dieu lui-même qui
vous inspire de telles résolutions, il vous aidera à
les effectuer.

XXIII

Le lendemain matin, Marguerite se rendit, une heure plus tard que de coutume, auprès de son amie. Elle tenait une lettre à la main et la lui tendit tout ouverte. Claire lut :

« Madame,

« Celle que vous avez daigné accueillir comme l'égale de Berthe, comme la fille du colonel de Buffe, n'est que l'enfant d'une pauvre ouvrière et d'un brave soldat qui ne possède pour toute fortune que sa pension de retraite et sa croix. Aveuglée par un détestable orgueil, craignant d'être dédaignée par mes compagnes de Saint-Denis, si elles apprenaient la vérité, j'ai mis tous mes soins à la cacher. C'est au moyen du mensonge que je me suis glissée dans votre honorable famille ; votre bienveillance, qui m'était si douce, je la volais ! Madame, pourrez-vous jamais me pardonner ? Je perds volontairement votre estime, l'amitié de Berthe. Puisse ce sacrifice expier mes torts !

« Mlle de Buffe, la riche et noble héritière, n'existe plus. Il y a à sa place une pauvre jeune fille décidée à travailler pour son père, et qui cherche en ce moment quelques élèves pour le piano. Elle serait heureuse d'être agréée par vous pour donner des leçons à Mlle de Vernes. Si vous daignez lui accorder votre confiance, elle fera tout pour la justifier.

« Marguerite DUBUFFE. »

Claire approuva la lettre, et elle fut mise à la poste. Marguerite avait une grande crainte que sa proposition ne fût rejetée ; son amie la rassurait. Plus ces deux jeunes filles se voyaient, plus aussi elles s'appréciaient et s'aimaient. Claire

admirait la noble franchise de Marguerite, cette
fermeté et cette persévérance appliquées à un
but louable; elle trouvait que ses torts, qui
avaient été ceux d'un enfant irréfléchie, lui
avaient donné l'occasion de mettre en lumière
les plus généreuses qualités. En effet, il était
impossible d'être meilleure et plus dévouée pour
son père. Ils avaient littéralement changé de
rôle : c'est lui qu'on gâtait, et c'est elle qui prenait les mille petits soins dont auparavant il
avait l'habitude. Ses habits étaient soigneusement brossés, et ses souliers cirés chaque jour
par Marguerite. Se nourrissant frugalement, elle
exigeait que son père mangeât des morceaux
plus délicats et bût un vin généreux qui répa-
rait ses forces. Elle lui avait fait résigner son
emploi de teneur de livres chez l'épicier; il n'a-
vait conservé que la pratique du marchand de
farines. Cela l'occupait peu ; il ne s'y rendait
que le matin. L'après-midi, et pendant que sa
fille travaillait avec Claire, il allait toujours,
d'après ses ordres, lire son journal au café du
coin ; là, il retrouvait d'anciens compagnons de
sa jeunesse, retraités comme lui; on rappelait
les batailles auxquelles on avait pris part, on

causait un peu politique, et le temps se passait d'une manière agréable. Après le dîner, que terminait la tasse de café que Marguerite faisait elle-même pour son père, ils allaient tous deux se promener dans la campagne ; là, Marguerite mettait en œuvre toutes les ressources de son esprit pour amuser son père ; elle avait soin de choisir les sujets de conversation qui l'intéressaient le plus ; souvent aussi elle lui contait des épisodes de sa vie de Saint-Denis, et ces récits étaient dits avec tant de gaîté, tant de grâce, que jamais le pauvre père ne s'était senti si heureux.

Marguerite était heureuse aussi. Elle avait la conscience d'être utile, elle remplissait exactement ses devoirs ; sa vie, au lieu d'être oisive et ennuyée, était maintenant active et remplie d'intérêt ; enfin, elle avait acquis une amie qui lui devenait de jour en jour plus chère. N'étaient-ce pas là des éléments suffisants de bonheur ?

XXIV

Sans doute Marguerite n'avait pas suffisamment expié sa faute ; car son bonheur ne dura
pas longtemps. Le lendemain du jour où elle
avait envoyé sa lettre à la comtesse de Vernes,
son père tomba malade. Les tendres soins don
il était l'objet depuis huit jours avaient peut-êtr
enrayé un instant sa maladie ; mais ils n'avaien
pas suffi à en détruire le principe, qui était dan
les veilles et les fatigues causées par un excès d
travail.

Quand, le matin, étonnée de ne pas entendr
son père, Marguerite se fut rendue près de lui, e

qu'elle le trouva abattu, défiguré par la fièvre, ressentant un mal de tête très-fort et un malaise général, elle demeura aussi consternée que si on lui eût signifié l'arrêt de sa mort. Cette phrase cruelle entendue au château : « Il se tuera de travail pour sa fille, » lui revenait à l'esprit.

— Grand Dieu! pensa-t-elle, c'était trop tard!

Elle sourit cependant à son père pour ne pas l'effrayer, arrangea son oreiller, et sortit ensuite pour lui préparer un peu de tisane; car il se plaignait d'une soif ardente. Elle envoya aussi Catherine chercher un médecin. Il arriva bientôt et trouva beaucoup de fièvre; il écrivit une ordonnance, fit quelques recommandations à Marguerite, et promit de revenir le lendemain. Elle l'accompagna lorsqu'il sortit, et quand la porte fut refermée et que le malade ne put plus l'entendre, elle supplia le médecin de lui dire s'il craignait une maladie grave. Il répondit qu'il ne pouvait pas se prononcer. Comme il parut désirer quelques renseignements sur les habitudes et sur la vie de M. Dubuffe, Marguerite répondit sans hésiter et en s'accusant de n'avoir pas empêché le dévouement de son père et cet excès de travail qui pouvait lui être si funeste.

8

— Oh ! sauvez-le, Monsieur, ajouta-t-elle les mains jointes, sauvez-moi d'un remords éternel !

Attendri d'une douleur si vraie, le médecin promit de donner tous ses soins à M. Dubuffe.

Il revint en effet tous les jours pendant toute une semaine, restant quelquefois longtemps près du malade pour étudier les symptômes du mal. La fièvre persistait; de légers transports au cerveau faisaient craindre une maladie cérébrale. Marguerite ne quittait le chevet de son père que pour aller dans sa chambre se jeter à genoux devant une image de la Vierge. Elle priait avec ferveur, et sentait les consolations religieuses pénétrer en elle avec la foi. Ses soins auprès du malade étaient doux et intelligents. Elle devinait si bien ce qui pouvait lui être agréable dans ses moments de mieux ! Jamais elle ne lui montra qu'un visage serein. Son amie Claire venait souvent l'assister et la consoler par des paroles d'espoir. Catherine aussi faisait preuve d'un attachement dévoué. Elle avait quitté le ménage qu'elle faisait, pour se consacrer tout entière à la maison Dubuffe, et quand Marguerite lui avait parlé d'un dédommagement, elle avait répondu qu'elle le trouvait dans l'amitié et dans les égards qu'on lui témoignait.

Huit jours se passèrent dans des alternatives de crainte et d'espoir. Enfin, le neuvième, le médecin répondit de la vie du malade ; mais il ne laissa pas ignorer à Marguerite qu'il faudrait beaucoup de ménagements, de soins, de repos ; il dit que la convalescence serait longue, et il défendit absolument tout travail pendant six mois. Aussi généreux qu'il s'était montré zélé et habile, ce médecin, qui habite encore Amiens (M. Foley), s'éloigna sans vouloir accepter autre chose que des remercîments de la reconnaissante Marguerite.

Peu de jours après celui où M. Dubuffe avait été déclaré hors de danger, une réponse arrivait enfin du château de Vernes. Marguerite n'en attendait plus. Son cœur battit vivement en brisant le cachet armorié. Elle s'était préparée à une humiliation et s'y était résignée: à peine en avait-elle souffert, préoccupée qu'elle était du danger de son père. Ce silence de huit jours lui avait semblé l'annonce d'un refus formel, et elle avait préféré qu'on ne la lui notifiât point par écrit.

Elle se trompait cependant; et voici ce que contenait la réponse de Mme de Vernes :

« Mademoiselle,

« Je dois d'abord m'excuser de n'avoir pas
répondu plus tôt à votre lettre. Nous n'étions pas
au château quand elle est arrivée, et notre absence s'est prolongée de dix jours. Je suis bien
surprise de tout ce que vous m'annoncez, et plus
fâchée encore de vous savoir dans une position
de fortune si peu heureuse. Mais puisque vous
vous êtes décidée à faire usage de votre talent,
j'accepte avec plaisir l'offre que vous me faites
pour ma fille. Berthe vous attendra donc lundi,
à huit heures du matin. Elle prendra leçon trois
fois par semaine : lundi, mercredi et vendredi.
Je serais enchantée que vous pussiez lui commu-
niquer un peu de ce talent gracieux que nous
avons tant admiré en vous. Je vous remercie de
vouloir bien l'essayer.

« Comtesse DE VERNES. »

Ce billet était poli, convenable; mais Marguerite sentait qu'il n'était que cela; il n'y avait
pas la moindre nuance d'affection. Elle soupira,

puis se dit qu'elle était trop exigeante, déraisonnable, et qu'elle devait s'estimer heureuse d'avoir réussi. Puis, sa pensée se reportant sur Berthe :

— A sa place, se dit-elle, je n'eusse pas laissé partir ce billet si poli sans y joindre un mot, un seul, pour me dire qu'elle ne me méprise pas, que l'humiliation de mon aveu a expié les torts de mon orgueil... O Berthe, ma première, et, il y a quinze jours, ma seule amitié ! tu es donc perdue pour moi !

Et les larmes de Marguerite coulèrent sur le papier satiné et parfumé. Les lignes de la comtesse n'embrassaient que la première page ; machinalement elle la retourna... Un cri de joie sortit de ses lèvres. Elle avait aperçu l'écriture de Berthe. Une ligne, une seule ligne, mais c'était assez : « Tu es toujours *ma Marguerite*. Je t'attends, viens vite. » Heureuse et rassérénée, elle retourna auprès de son père, à qui alors, pour la première fois, elle fit part de son dessein. Catherine se trouvait là. Elle passait à peu près son temps dans la maison, et Marguerite, reconnaissante de ses soins pour son père, la regardait comme de la famille. Sa présence ne l'empêcha

donc pas de dire ce qu'elle avait fait ; mais elle se
garda bien de dire en quels termes elle avait
écrit à la comtesse, et combien cette lettre lui
avait coûté à écrire. Elle dit simplement qu'elle
avait annoncé à la comtesse qu'un changement,
qu'elle avait ignoré, dans la fortune de son père,
l'obligeait à recourir à son talent. Elle lui montra la réponse de Mme de Vernes et la ligne de
Berthe.

— J'aurai 6 fr. par cachet, mon bon père ;
c'est bien beau, n'est-ce pas ? J'avais bien peur
qu'on n'acceptât pas. Quand il fera beau, j'irai à
pied ; quand il fera mauvais, je me permettrai
une course en voiture ; je suis sûre que cette promenade matinale me fera grand bien.

Malgré tout ce que lui dit sa fille, M. Dubuffe
eut bien de la peine à accepter l'idée de la voir
donner des leçons pour vivre. Il craignait la
peine, la fatigue, la marche, le chaud, le froid.
Et surtout il craignait qu'une position dépen-
dante ne vint à lui attirer des humiliations au
château. Marguerite plaisanta sur ces craintes et
l'assura qu'elle se mettait au-dessus de toutes
ces petites piqûres d'amour-propre ; puis, calcu-
lant ce qu'il possédait et ce qu'il fallait pour vi-

vre, elle le fit convenir qu'il y aurait du côté des
recettes un grand déficit, si elle ne s'occupait pas
à le combler.

— Jusqu'à présent, ajouta-t-elle, toi seul as
travaillé pour nous deux ; mon tour est arrivé,
et tu verras si je ne viens pas à bout de gagner
aussi pour deux. Tu as entendu M. Foley : il
t'interdit le travail pendant six mois, sous peine
de retomber malade ; ne t'occupe donc qu'à te
guérir complétement, et laisse-moi, comme je l'ai
toujours fait, agir à ma guise.

— Mais, mon enfant, permets-moi une objection. Vernes est à une petite lieue d'ici ; à dix-
huit ans, on ne va pas courir les champs toute
seule. Qui est-ce qui t'accompagnera ?

— Objection prévue, mon père : notre laitière
est de ce village. Tous les matins, lorsqu'elle a
vendu son lait, c'est-à-dire à sept heures, elle y
retourne ; j'arriverai juste pour huit heures.

— Mais pour revenir ?

— Attends. Bon Dieu, que tu es pressé ! Pour
revenir, il y a la fille de cette laitière qui vient
passer sa journée chez les sœurs de la Providence,
où elle apprend à travailler. Elle ne quitte le village que lorsqu'elle a fait chez sa mère tout ce

qu'il y a à faire, et préparé la soupe pour la journée. C'est précisément vers neuf heures qu'elle se trouve libre. Elle me prendra au château en passant. Je reviendrai avec elle.

— Allons, je vois que tout est prévu et qu'il faut me résigner à n'être plus bon à rien et à voir une petite fille régenter son père.

— C'est ce que tu peux faire de mieux, dit Marguerite en l'embrassant. Maintenant repose-toi ; car nous avons beaucoup causé, et il ne faut pas que tu te fatigues.

XXV

Marguerite avait encore un projet. Elle sortit de la chambre de son père, alla dans la sienne et rassembla dans une petite cassette un assez grand nombre de bijoux : c'étaient des bracelets, des bagues, des colliers, des épingles, des petites breloques de toutes sortes. On se rappelle que son père, faisant deux fois par an le voyage d'A-miens à Saint-Denis, préparait toujours à sa fille quelque cadeau. C'était d'ordinaire un bijou. Marguerite avait conservé ces dons ; chacun d'eux était de peu de valeur ; mais tous ensem-ble ne laissaient pas que de représenter une

8.

somme qui, en ce moment, viendrait à propos
pour aider Marguerite. En effet, pendant la maladie de son père, elle avait contracté plusieurs
dettes et elle avait à cœur de les payer. Puis elle
réfléchissait que son mois de cachets à Vernes
comprendrait presque deux mois, puisque Berthe
ne devait prendre que trois leçons par semaine.
Quant à la dentelle, elle commençait à travailler
assez bien ; mais ce qu'elle gagnerait serait encore peu de chose. Voilà pourquoi elle avait pensé
à se faire une ressource dans la vente de ses bijoux. Avant de les emporter, elle les prit un à un,
les baisa. C'étaient ses joies d'enfant et de jeune
fille qu'elle sacrifiait. Chacun d'eux représentait
un voyage de son père ; chacun lui rappelait un
doux souvenir. Elle tint longtemps entre ses
mains une croix d'or qu'il lui avait apportée le
20 juillet, jour de la sainte Marguerite, l'année
de sa première communion. Elle l'avait aimée de
prédilection. Pendant deux ans, chaque fois
qu'elle disait ses prières du matin et du soir, c'é-
tait en tenant cette croix entre ses mains. Elle
avait été bénite par un saint prêtre. Un jour,
elle crut l'avoir perdue ; que de peines elle se
donna pour la retrouver ! comme elle la demanda

à tout le monde ! comme elle chercha dans tout
le dortoir ! Quelle joie quand elle la découvrit enfin derrière son tiroir de commode ! Plus tard, et
à mesure qu'elle s'éloignait davantage de sa première communion, sa ferveur dégénéra en indif-
férence, la croix fut mise de côté ; elle n'y songea
pas plus ou peut-être moins qu'à ses autres bijoux. Maintenant c'était cette croix surtout
qu'elle regrettait et sur laquelle tombaient quelques larmes. Elle eut bien l'idée de la conserver,
mais la croix était grande, lourde, elle devait
être chère ; d'ailleurs, Marguerite en avait encore une toute petite qui lui venait de sa mère et
qui avait été bénite aussi. Celle-là elle la gardait,
elle la garderait toujours.

Fermant sa cassette et se défendant d'un regret, Marguerite appela Catherine, qui vint aussitôt. Ne voulant pas vendre elle-même ses bijoux, elle comptait en charger la fidèle servante.
Quand elle lui eut dit de quoi il s'agissait, Catherine parut attendrie ; elle commença une phrase
pour dire : Non, mademoiselle, il ne faut pas... ;
mais changeant probablement d'idée, elle se reprit et dit simplement qu'elle ferait la commission de son mieux.

— Surtout, Catherine, n'en dites rien à mon père !

— Mais, mam'selle, votre père sait bien qu'il n'y a plus d'argent à la maison.

— Oui ; mais je lui ai fait croire que depuis quinze jours je suis payée autant que Claire pour ma dentelle. Je lui ai dit aussi que la note du pharmacien était très-peu de chose. Il croit que dès à présent je puis subvenir aux dépenses de la maison. Je vous en prie, ne le détrompez pas ! Dans peu de temps j'espère en effet gagner assez pour cela. La seule chose qui me fâche, c'est la nécessité de quitter mon père pendant trois heures, trois fois par semaine ; mais cette bonne Claire m'a promis de venir travailler auprès de lui tout le temps de mon absence.

— Et moi, s'écria un peu aigrement Catherine, vous me comptez donc pour rien ? Croyez-vous que je ne serai pas aussi bonne que mam'selle Claire pour garder votre père ? Est-ce que je suis trop vieille et trop maladroite pour soigner un malade ?

— Ne vous fâchez pas, ma bonne Catherine. Je sais trop ce que je vous dois pour douter de votre bonté et de vos soins intelligents. Je sais

aussi que mon père vous préfère presque à sa
fille pour le garder. Ne l'avez-vous pas veillé
plusieurs fois, me forçant à m'étendre sur un lit
et à reposer pendant qu'il recevait de vous tout
ce qui lui était nécessaire ? Mais j'ai pensé qu'à
présent qu'il était en convalescence, vous repren-
driez le ménage que vous aviez quitté pour avoir
plus de temps à lui consacrer.

— Bien au contraire, mam'selle Marguerite.
Je voulais aujourd'hui vous faire part d'un plan
que j'ai formé pour me réunir tout à fait à vous.
Vous savez que je loue dans une maison à côté
une petite pièce et une cuisine. Cela me coûte
12 fr. par mois. Je voudrais faire l'économie de
cette location. Vous avez, près de votre cuisine,
un cabinet assez grand. J'ai pensé que vous me
permettriez d'y transporter mes meubles et de
l'habiter. Pour vous dédommager, je ferai votre
cuisine et vos affaires, et vous ne me paierez plus,
bien entendu. C'est une économie que je ferai,
puisque je ne perdrai que 3 fr. et que j'en gagnerai 12. Après ça, pour le manger, si vous
voulez bien me permettre de me nourrir chez
vous, pour ne faire qu'une seule cuisine, je vous
paierai ma nourriture ce que je verrai qu'elle

coûte. Comme cela, du moins, je serai toujours là pour servir M. Dubuffe.

— Mais, Catherine, ce que vous me proposez, c'est tout simplement d'être servante chez nous, de ne pas recevoir de gage, et en payant encore votre nourriture. Cela ne se peut pas. Vous êtes dupe de votre bon cœur.

— Cela se peut si bien, que, si vous n'y consentez pas, je quitterai vous et le faubourg, et je ne vous verrai plus. Je vous croyais un peu d'amitié pour moi, mam'selle.

— Et vous savez bien que j'en ai beaucoup. Mais, ma bonne Catherine, réfléchissez donc. Vous voulez ne pas gagner d'argent, et néanmoins payer votre nourriture. Comment ferez-vous ?

— Votre ménage est si peu de chose ? S'il me prend deux heures de la journée, c'est tout. Tout en surveillant le rôti quand il cuit, on peut travailler. Je coudrai des chemises. J'en fais déjà maintenant; mais j'étais bien dérangée par le ménage que je faisais sur le boulevard. Aller, venir, ça prend du temps. Mais ici je travaillerai sans être dérangée. Au lieu de faire la cuisine pour moi toute seule, je la fais pour trois; c'est

tout simple ; je suis habile à coudre et je gagnerai deux fois ma nourriture. Allons, mam'selle
Marguerite, soyez gentille pour moi, dites oui,
ou bien je croirai que vous voulez me renvoyer.

— Dieu m'en garde, Catherine ! votre présence
m'est trop utile et trop douce. Il en sera donc ce
que vous voudrez ; mais je me réserve de revenir
plus tard sur ce marché.

Catherine parut très-satisfaite d'avoir obtenu
ce consentement. Voulant faire, sans tarder, la
commission de Marguerite, elle sortit. Un instant
après, Claire arriva avec son métier, et les deux
jeunes filles, rentrant dans la chambre du convalescent, qui reposait, se mirent à travailler acti-
vement tout en causant à voix basse. La lettre de
Mme de Vernes, le mot de Berthe furent montrés
et appréciés à leur valeur.

— Berthe a le cœur plus généreux que sa
mère, dit Claire ; elle comprend l'étendue de
votre sacrifice, elle mesure la difficulté et la noblesse de votre aveu, elle vous estime plus que
jamais. Sa mère, dont les sentiments pour vous
n'étaient pas si vifs, acceptera en vous sa maîtresse de piano, elle sera ce qu'elle s'est montrée
dans son billet, polie et gracieuse avec une nuance

de protection. Elle oubliera parfaitement vos relations passées : au reste, cela vous gênera moins,

— Et le général ? ses fils ?

Marguerite n'osa pas dire : Leurs amis; cependant elle pensait à Horace.

— D'après le caractère dont vous m'avez dé-
peint le général, lui aussi vous estimera davantage. Quant à ses fils, vous m'avez peu parlé
d'eux, et vous ne pouvez guère les connaître; il
est probable que, donnant vos leçons à une heure
peu avancée de la matinée et du côté du château
opposé à celui qu'ils habitent, vous ne les rencon-
trerez jamais.

— Oui, vous avez raison, j'espère ne les rencontrer jamais. O ma chère Claire ! malgré ma
résolution, combien il m'en coûtera, je le sens,
pour retourner à Vernes !

— C'est tout naturel, mon amie, et vous n'en
êtes que plus louable de le faire : soyez assurée
que Dieu mesure nos épreuves à nos forces.....
Mais voilà votre père qui se réveille.

Marguerite courut à lui, et, l'embrassant tendrement, lui demanda comment il se trouvait.

— Bien, mon enfant, très-bien. En peut-il être
autrement avec d'aussi bons soins? Ne suis-je pas

trop heureux d'avoir de jeunes gardes si attenti-
ves, si dévouées? Mais en voici une qui me quitte,
dit-il en voyant Claire se lever et emporter son
ouvrage ; allons, il m'en restera encore une !

— Et c'est la meilleure, dit Claire en souriant.
Adieu, monsieur Dubuffe. Je prévois que bientôt
vous pourrez reprendre vos promenades avec
Marguerite.

XXVI

En effet, le père Dubuffe se remettait tout doucement. Le dimanche suivant, il fut en état de
se lever. La veille, aidée de Catherine, qui était
tout à fait installée auprès d'eux, Marguerite
avait, malgré la résistance de son père, décloué son
joli tapis de sa chambre et l'avait mis dans celle
de son cher convalescent. Elle avait orné sa cheminée des fleurs les plus fraîches ; tout, autour
de lui, avait un air de fête, jusqu'à sa fille chérie,
qu'il vit entrer vêtue de blanc et le sourire sur
les lèvres.

Elle venait d'éprouver une grande joie. Catherine lui avait remis 200 fr. résultant de la vente

de ses bijoux. Elle avait espéré à peine la moitié
de la somme et se trouva toute heureuse de pouvoir, après avoir payé ses dettes, mettre de côté
l'argent qui devait suffire à la dépense commune
jusqu'au moment où elle toucherait son mois de
piano.

Elle montra seulement 50 fr. à son père, et
prétendit les avoir gagnés à son métier en quinze
jours. Il la félicita. La journée se passa en douces causeries auxquelles Catherine venait parfois prendre part. Thérèse vint faire visite. Marguerite l'en aurait volontiers dispensée. Son ton
un peu criard, ses manières vulgaires étaient
si différents du ton et des manières de sa sœur !
Cependant on la reçut poliment. Elle raconta
entre autres choses, car elle parlait beaucoup
et presque toujours de choses qui l'intéressaient
personnellement, qu'elle avait fait une nouvelle connaissance et que ce n'était rien moins
que la fille du chef mécanicien de la fabrique de
M. Curmer.

— Louise est une très-bonne fille, continua-
t-elle, et très-bien élevée aussi. Elle connaît l'al-
lemand, son père aussi; c'est par là qu'ils ont
plu à M. Curmer, qui est de l'Allemagne. La

mère de Louise est blanchisseuse de fin. Elle
pourrait bien ne pas travailler; car son mari
gagne gros; mais elle dit qu'elle ne veut pas rester sans rien faire, ni sa fille non plus.

— Elles ont bien raison, observa Catherine,
qui était présente.

— C'est par hasard que j'ai fait leur connaissance, reprit Thérèse. Il y a quelques jours, je
revenais de ma journée, je vis une jeune fille
qui portait une corbeille vide à la main. Elle
sortait précisément de la même maison que moi.
Je sus plus tard qu'elle y était allée rapporter
du linge. Moi, j'avais un parapluie, parce qu'il
pleuvait quand je me suis mise en route le matin; elle n'en avait point. Voilà qu'à quelques
pas de la maison, il tombe quelques grosses gouttes. Elle presse le pas, j'en fais autant. L'orage
éclate; quand je vois ça, je cours un peu plus
fort et me trouve auprès d'elle. « Mademoiselle,
que je lui dis, mon parapluie est assez grand
pour deux, voulez-vous en profiter? » Elle me
remercia, et nous voilà bras dessus, bras des-
sous. Je lui proposai de la ramener chez elle; elle
accepta après quelques façons. Elle me dit ensuite que je lui rendais bien service, parce que

sa mère l'attendait et s'inquiéterait d'autant plus
de ne pas la voir rentrer qu'elle était étrangère
à Amiens et ne connaissait pas les rues. « Ordinairement, me dit-elle, c'est ma mère qui re-
porte l'ouvrage, et je ne sors jamais sans elle ;
mais aujourd'hui elle s'est trouvée un peu in-
disposée et a été obligée, à son grand regret, de
me laisser aller à sa place. » Quand nous arri-
vâmes chez elle, continua Thérèse après avoir
repris haleine, sa mère me fit le meilleur accueil possible ; on me fit mettre devant un bon
feu, on me força d'accepter un peu de vin su-
cré. Le père que je vis ensuite, me parut un
homme très comme il faut. Il voulut absolument m'accompagner jusque chez nous, parce
qu'il était tard. Il trouva mon père et Claire,
avec qui il causa beaucoup ; enfin, pas plus tard
que le lendemain, Louise et sa mère vinrent
nous faire visite. Heureusement je n'étais pas en
journée ; je les reçus avec Claire, et nous nous
sommes promis de nous voir souvent. Aujour-
d'hui même, Louise doit venir goûter avec moi ;
son père et sa mère viendront la chercher ; s'il
pouvait vous être agréable de venir aussi, nous
ferions alors une partie carrée.

Marguerite remercia Thérèse de son attention et sut la décliner assez poliment pour ne pas fâcher l'irascible jeune fille.

Dans la soirée, s'étant mise à la fenêtre, elle vit que la compagnie que Thérèse attendait était en effet arrivée. Le dimanche, lorsqu'il fait beau, la rue du Faubourg est une véritable promenade ; aussi chacun se met-il à sa porte pour voir passer le monde. Devant la boutique du boulanger était un banc sur lequel le patron se prélassait d'un air capable ; à côté de lui, était un homme dont le costume était celui d'un ouvrier aisé. Ils avaient l'air du meilleur accord et s'envoyaient de temps en temps des bouffées de fumée ; car chacun d'eux avait une pipe à la bouche. Plusieurs chaises étaient placées non loin du banc et se trouvaient occupées par Claire, Thérèse et deux étrangères, qui devaient être les personnes dont celle-ci avait parlé dans sa visite à Marguerite. Elles les regardait machinalement lorsque, la plus jeune ayant tourné la tête de son côté, elle fut frappée d'une vague ressemblance ; elle ne savait pas avec qui, mais elle était sûre d'avoir déjà vu ces grands yeux noirs et cette chevelure blonde. Pendant qu'elle cher-

chait dans ses souvenirs, l'autre femme, la mère
sans doute, se retourna. Marguerite retint un cri
de surprise ; elle avait reconnu la pauvre Suzanne, la vieille de la course au sac. Mais quelle
était la fée bienfaisante qui, en moins d'un mois,
avait changé tout cet extérieur de misère et l'a-
vait fait riant et heureux ? Suzanne avait quinze
ans de moins ; Louise était une belle jeune fille,
dont les joues arrondies et colorées annonçaient
la santé. Ce regard fixe, rendu si effrayant par
la fièvre et le besoin, était maintenant doux et
paisible. La mère et la fille étaient très-propre-
ment mises et avaient même un certain air de
distinction. Toutes deux paraissaient empressées
de causer avec l'aimable Claire ; mais Thérèse
ne permettait guère que Louise s'occupât d'une
autre qu'elle. La bruyante enfant lui racontait
sa vie, ses plaisirs, ses chagrins, puis interrogeait
à son tour sa compagne, qui paraissait plus
discrète.

Marguerite, heureuse de retrouver ses anciennes protégées avec cette apparence d'aisance,
alla retrouver son père et l'amusa du récit de cet
incident. Elle se promit de demander à Claire
quelle était la position de ses nouvelles connais-

sances ; elle eut l'occasion de le faire dans la soirée ; Claire vint la voir un moment ; Marguerite, assurée de sa discrétion, lui raconta tout ce qu'elle savait de Suzanne et de Louise ; ce récit leur valut toute la sympathie de la bonne Claire.

— J'ai bien vu, dit-elle à son amie, qu'elles avaient éprouvé des malheurs ; la mère de Louise m'en a dit vaguement quelques mots, mais sans m'en donner aucun détail ; au reste, ceux que vous venez de me dire sont si affligeants, qu'elles doivent en craindre jusqu'au souvenir ; elles n'en parleront certainement à personne.

Marguerite assura son amie qu'elle le croyait comme elle. La soirée était avancée ; elles se dirent adieu en s'embrassant.

— Bon courage, disait Claire en s'éloignant.

XXVII

Marguerite, en se couchant, avait invoqué avec ferveur le souverain arbitre de nos destinées. Elle lui demandait la force de ne pas faillir à ses résolutions devant l'épreuve qui l'attendait, épreuve qu'elle ne pouvait s'empêcher de trouver terrible. Ce secours, demandé avec foi, ne lui fut pas refusé ; elle se réveilla pleine de courage. Après s'être levée et habillée, avoir fait sa prière, elle trouva encore le temps de mettre sa petite chambre dans un ordre parfait; ensuite, elle alla dans celle de son père, entra bien doucement, marchant sur la pointe des pieds ; elle s'assura qu'il reposait encore et sortit sans bruit au moment où Catherine arrivait de son marché.

—Voilà, dit l'honnête femme de ménage; main-

tenant mon marché est fait, je pourrai ne plus
quitter votre cher malade jusqu'à votre retour ;
mam'selle Claire, vous le voyez bien, n'a que
faire de venir. On n'a pas besoin d'elle.

Marguerite sourit de la susceptibilité jalouse
de Catherine.

— Eh bien ! dit-elle, puisque vous suffisez à
tout, ma bonne Catherine, je lui rendrai sa liberté. Quand mon père se réveillera, vous lui di-
rez que je suis allée dans sa chambre et que je
lui ai dit adieu pendant qu'il dormait.... Pauvre père ! puisse ce bon sommeil réparer ses
forces !

Et Marguerite éleva au ciel ses yeux pleins de
larmes. Sept heures sonnèrent. La porte s'ouvrit
pour donner passage à deux personnes à la fois :
l'une était Claire, l'autre la laitière, qui, ayant
fini sa tournée chez ses pratiques, s'en retournait
à Vernes et venait chercher Mlle Dubuffe.

Marguerite ayant dit à Claire que la vigilance
de Catherine rendait ses soins inutiles, les deux
jeunes filles, suivies de la villageoise, descendi-
rent ensemble, après avoir dit adieu à la fidèle
servante, qui ne voulait plus quitter son poste
près du malade.

Arrivées dans la rue, Marguerite et Claire échangèrent encore quelques paroles, un serrement de mains expressif, et l'une rentra dans la boutique de son père, tandis que l'autre prenait la route qui conduisait dans la campagne. La laitière était peu causeuse ; elle laissa Marguerite à ses réflexions ; on marchait rapidement. Il n'était pas huit heures lorsque les deux voyageuses arrivèrent en vue du château de Vernes ; là, Marguerite se sépara de sa compagne ; s'arrêtant quelques instants avant d'entrer, elle chercha à se recueillir, à prévoir la réception qu'on allait lui faire ; mais, plus elle réfléchissait, plus son embarras et son effroi devenaient grands ; le remarquant et voulant en finir tout d'un coup avec ses appréhensions, elle entra brusquement dans la cour du château. Elle se rassura un peu en n'y voyant personne, et se hâta de monter au premier étage. Berthe habitait avec sa mère l'aile droite du château ; c'est là que Marguerite se dirigea ; mais quand elle fut arrivée dans l'antichambre, elle s'arrêta soudain. Il lui semblait entendre la voix de la comtesse, dont la chambre était peu éloignée ; un instant après, une porte s'ouvrit, et la femme de confiance, Mme Marion, parut ; elle ne vit pas tout de suite Marguerite, qui s'était reculée jusqu'à la porte de sortie ; mais aussitôt qu'elle l'eut aperçue, elle s'avança vers elle d'un air content en lui souhaitant la bienvenue.

— Combien Mlle Berthe va être joyeuse de vous revoir ! lui dit-elle. Mademoiselle a bien des amies, mais pas une qu'elle aime autant que Mlle de Buffe ; et madame la comtesse va être contente aussi, elle qui dit tant que, depuis que mademoiselle est partie, on ne fait plus de bonne musique ! Elle est réveillée, je vais la prévenir.

— C'est inutile, ma bonne madame Marion, dit Marguerite avec embarras, je ne verrai pas madame la comtesse...

— Vous ne verrez pas madame !

— Non ; je ne viens ici que pour Mlle de Vernes. Auriez-vous la bonté, continua-t-elle en hésitant et rougissant, d'aller lui demander si elle est prête à recevoir sa maîtresse de piano ?

— Sa maîtresse de piano.... Je ne comprends pas, murmurait l'honnête femme de charge.

Marguerite prit son parti. Mme Marion était une excellente créature, très-dévouée à ses maîtres, fort discrète.

Marguerite lui prit la main.

—Chère madame Marion, lui dit-elle, ma fortune est bien changée depuis que j'ai quitté le château, et il est très-vrai que vous ne voyez devant vous qu'une pauvre jeune fille qui a besoin de gagner l'existence de son père et la sienne, et que Mme de Vernes veut bien recevoir aujourd'hui en qualité de maîtresse de piano de sa fille.

— Bon Dieu ! cela est-il possible? Quel changement! Pauvre chère demoiselle! Mais vous n'en serez que plus honorée, bien sûrement. C'est si beau à une fille de travailler pour son père !

— Et c'est juste aussi, interrompit Marguerite; mais allez, je vous en prie : huit heures vont sonner; c'est l'heure qui m'a été indiquée, et je dois être exacte.

— J'y vais, j'y vais.

Mme Marion ne fut qu'un instant absente ; elle revint bientôt dire à Marguerite qu'elle était attendue, et celle-ci, se composant un maintien calme et froid, imposant silence aux battements de son cœur, entra dans la chambre de son amie.

XXVIII

Claire avait fait preuve d'un jugement juste et
sain en appréciant comme elle l'avait fait les réponses venues du château. Mme de Vernes, douée
d'un cœur bienveillant, mais léger, d'un esprit
étroit et frivole, était incapable d'apprécier à sa
juste valeur le sacrifice que Marguerite faisait en
s'offrant comme maîtresse de piano pour sa fille.
Elle avait trouvé bien hardi que l'enfant d'une
ouvrière se fût introduite, sous un faux nom et
sous une fausse qualité, dans sa noble demeure ;
mais, à la prière instante de Berthe, son ressentiment s'était vite adouci, et elle avait consenti à
revoir Mlle Dubuffe. D'ailleurs, celle-ci, pour ne
plus être la fille d'un colonel, n'en restait pas
moins une artiste fort distinguée et très-propre à
donner à Berthe d'excellentes leçons. Ainsi,

comme Claire l'avait prédit, la comtesse acceptait Marguerite pour ce qu'elle se donnait ; elle serait polie, bienveillante, protectrice ; mais, pour de l'amitié, il n'y fallait plus compter. Berthe, il y a quelques mois, aurait peut-être été trop orgueilleuse pour ne pas abandonner aussi Marguerite, bien qu'elle comprît et admirât son expiation ; mais son séjour à la campagne avait modifié heureusement ses sentiments. Elle voyait, en effet, un père qu'elle adorait causer familièrement avec les plus humbles paysans ; elle entendait ses frères, dont l'éducation avait élevé les idées, mettre sans cesse le mérite et le talent au-dessus de la naissance ; peu à peu elle en était venue à se familiariser avec les idées de ceux qu'elle aimait et respectait tant, et, sans arriver à penser tout à fait comme eux, elle s'était du moins bien éloignée de la manière de voir de sa mère ; puis, pendant les deux semaines que Marguerite avait passées au château, elle s'y était réellement attachée ; elle ne songea donc pas un instant à la mépriser, parce qu'elle n'était plus que la fille d'un brave soldat, obligé de travailler pour vivre ; mais elle médita longtemps pour trouver le meilleur moyen de faire accepter cette position à sa mère, afin de revoir Marguerite comme amie et de lui rendre au château la place qu'elle y avait occupée. Elle y était encouragée par ses deux frères, qui, ayant tout appris par elle, ne cessaient de répéter que Marguerite repentante, Marguerite le front ceint de l'auréole du devoir, leur paraissait beaucoup plus estimable qu'auparavant. Telle était aussi la pensée du général. Devant cette unanimité de sentiments, la comtesse dut se déclarer vaincue et promettre à sa fille qu'elle serait pour Mlle Dubuffe ce qu'elle était auparavant.

Revenons à Marguerite, qui, après avoir frappé deux petits coups à la porte de Berthe, l'ouvre et se trouve aussitôt, sans qu'elle puisse s'en défendre, pressée entre les bras de son amie.

— Toujours ma Marguerite ! disait Berthe, rappelant ainsi les termes de son billet.

— Vous ne me méprisez donc pas? Vous pensez que j'ai suffisamment expié de honteux mensonges? Oh! merci, merci, pour votre indulgence !

— Ne parle pas d'indulgence ! Entre nous il n'y a qu'un sentiment, l'amitié, et je t'aime, s'il se peut, encore plus qu'auparavant.

Marguerite pleurait ; mais c'étaient des larmes de soulagement et de joie.

En ce moment huit heures sonnèrent.

— Il faut prendre votre leçon, dit Marguerite, redevenue calme et rentrant avec résolution dans son rôle.

— D'abord, s'écria Berthe, si tu me dis encore *vous*, je ne prendrai rien du tout. Marguerite, ai-je mérité ce langage ?

— C'est celui que madame votre mère approuverait.

— Tu calomnies ma mère, répondit Berthe en rougissant malgré elle ; car elle sentait que Marguerite avait raison. Elle m'a chargée, continua-t-elle, de te dire qu'elle espère que la venue trois fois par semaine de la maîtresse de piano n'empêchera pas les visites de l'amie.

Marguerite ne pouvait mettre en doute les paroles de Berthe, elle reconnut l'influence de la jeune fille sur sa mère ; son amitié et sa reconnaissance pour elle s'en augmentèrent ; mais elle lui déclara que c'était impossible.

— Lors même, lui dit-elle, que les convenances ne s'opposeraient pas à une liaison intime entre Mlle de Vernes et sa maîtresse de piano, la néces-

9.

sité où je me trouve maintenant de mettre à profit
tous mes instants y mettrait un obstacle invin-
cible.

Puis, parlant de Claire et du métier qu'elle lui
apprenait, elle essaya de faire comprendre à
Berthe, que, voulant et devant travailler à la
dentelle pour vivre, il fallait que rien ne vînt la
distraire de la tâche assidue de chaque jour.
Berthe ne voulait rien entendre ; enfin, les jeunes
filles prirent un *mezzo termine* : il fut convenu
que Marguerite, au lieu de trois fois par semaine,
viendrait quatre jours au château, et que cette
quatrième heure serait entièrement consacrée à
la causerie.

— Nous commençons par ce quatrième jour,
dit Marguerite en souriant ; car il est neuf heures.

— Déjà ! fit son amie avec chagrin. J'irai du
moins t'accompagner.

Prenant son ombrelle, Berthe alla en effet reconduire Marguerite jusqu'à quelque distance du
château. Près de la porte elles trouvèrent la jeune
paysanne qui attendait, et les deux amies se quit-
tèrent en se disant :

— A demain.

XXIX

Combien Marguerite se sentait le cœur plus léger en retournant chez elle! Comme elle remerciait Dieu de ce que sa rentrée au château, ce retour qui lui paraissait si redoutable, ne lui avait apporté que de douces sensations! Pour combler sa joie, elle trouva, en arrivant, son père levé et déjeunant avec appétit, assisté par la fidèle Catherine. Elle se jeta dans ses bras et lui apprit l'heureux résultat de son voyage ; elle lui dit la politesse de Mme de Vernes, qui l'invitait à revenir au château comme si rien ne s'était passé ; la bonté de Mme Marion, enfin l'amitié cha-

leureuse de Berthe. M. Dubuffe prit part à la
joie de sa fille ; bientôt Claire arriva pour la par
tager. La prudente jeune fille engagea pourtant
son amie à ne pas se croire préservée à tout jamais des ennuis qu'elle avait redoutés ; le plus
sûr, suivant Claire, était de les prévoir, pour s'y
résigner.

Cependant, les leçons se donnèrent au château
et continuèrent tout l'été sans désagréments pour
Marguerite ; elle n'eut que deux incidents à raconter à Claire.

Le premier fut la visite de la comtesse dans
la chambre de sa fille pendant la leçon de piano.
Elle fut très-gracieuse pour Marguerite et ne fit
aucune allusion au changement de sa position.
Avant de sortir, elle réitéra l'invitation que sa
fille avait déjà faite. Est-il besoin de dire que
Berthe, par ses caresses et ses instances, avait
obtenu cette démarche de sa mère ?

Marguerite répondit simplement qu'étant très-
occupée, elle ne pourrait avoir l'honneur d'accepter l'invitation de Mme de Vernes.

La comtesse murmura quelques mots de regret
et n'insista pas.

Une autre fois, c'était un jour de leçon, Marguerite, un peu en retard, se hâtait. La course avait coloré son teint ; elle montait les premières marches de l'escalier, quand, en levant la tête, elle aperçut dans le corridor du haut Horace Arnaud, Horace, qui lui fit en ce moment l'effet de la tête de Méduse! Que n'aurait-elle pas donné pour se trouver à une lieue de là ! Elle voyait en lui le témoin de tous ses mensonges, qu'il connaissait avant tout le monde. Elle se rappelait sa sévérité à son égard, ses railleries sanglantes : un instant, elle resta immobile, espérant qu'il allait disparaître ; mais lorsque, affermissant son courage, elle se remit à monter, elle le vit à la même place. Il avait ôté son chapeau, qu'il tenait à la main ; son attitude, son air marquaient le plus profond respect. Il salua Mlle Dubuffe, qui, rouge et confuse, s'inclina en passant pour lui rendre son salut.

Pendant plusieurs jours, elle songea à cette rencontre. Le caustique peintre non-seulement ne lui avait pas jeté d'épigrammes en passant, mais encore il lui avait montré plus de respect, plus d'égards qu'il n'en avait jamais témoigné même à la noble fille de la comtesse de Vernes. Cette conviction lui faisait un bien infini. Elle sentait que l'estime d'un homme si honorable, si droit, la relevait à ses propres yeux et lui rendait sa position presque chère.

XXX

Huit mois se sont écoulés depuis le changement de Marguerite. Sa noble conduite ne s'est
pas démentie. Partageant tout son temps entre
le travail et les soins donnés à son père, elle
était, grâce à Claire, parvenue, comme dentellière, à un degré d'habileté qui était une source
d'aisance pour la maison. Les leçons de piano
au château de Vernes avaient cessé depuis le
commencement de la mauvaise saison. Berthe et
sa famille étaient à Paris. La première entrete-
nait avec Marguerite une correspondance suivie,
qui était une des joies de cette jeune fille. L'or-

gueil, ce défaut qui, de même qu'une herbe
parasite empêche les bonnes plantes de croître,
avait fait longtemps d'elle une mauvaise fille et
un être inutile, n'existait plus ou plutôt avait
donné naissance à de nombreuse vertus. Modeste
et pieuse, dévouée à son père, pleine d'égards
pour Catherine, reconnaissante envers Claire,
patiente auprès de Thérèse et rehaussant l'éclat
de ses bonnes qualités par une gaîté aimable,
Marguerite était aimée autant qu'elle était ad-
mirée. Elle avait eu le bonheur de voir son père
revenir à la santé, et jamais elle ni lui ne s'é-
taient sentis si heureux.

Ce bonheur, qui venait principalement de la
satisfaction que donne une bonne conscience et
que cause un devoir accompli, ne pouvait-il pas
s'augmenter par le concours d'événements im-
prévus? Nous en jugerons plus tard.

Marguerite avait le projet de chercher quelques écolières de piano; mais elle avait remis
son exécution après le départ de Berthe, trouvant que cette écolière et sa dentelle lui suffi-
saient pour subvenir aux besoins de son petit
ménage. Cependant, la famille de Vernes n'ayant
quitté le château qu'au commencement du mois

d'octobre, M. Dubuffe supplia sa fille de se borner, pour l'hiver, à faire sa dentelle. Il souffrait de penser qu'elle aurait journellement à s'exposer à la neige, au froid ou aux pluies continuelles qui font des rues d'Amiens un amas de boue pendant la mauvaise saison. Marguerite consentit à remettre son projet au printemps d'autant plus facilement qu'elle avait pris goût à son métier de dentellière, qu'elle y était devenue fort habile et qu'elle travaillait presque toujours en compagnie de sa chère Claire. Le dimanche, quand le temps ne favorisait pas la promenade, les deux jeunes filles faisaient de la musique à quatre mains. Les pères écoutaient tout ravis.

Un jour, Marguerite trouva une jeune et belle ouvrière auprès de Claire, et elle reconnut Louise, la fille du mécanicien. Celle-ci jeta un cri de joie en retrouvant la jeune demoiselle qui était venue en aide la première à sa mère.

— Que le bon Dieu est bon d'avoir permis cette rencontre ! s'écria-t-elle avec son accent germanique. Oh ! que nous désirions vous revoir, ma mère et moi, vous remercier ! car enfin c'est vous qui êtes la cause de tout notre bonheur.

— Moi ! dit Marguerite, mais je n'ai presque
rien fait pour vous !

— Il n'en est pas moins vrai que si vous n'a-
viez pas été touchée de la souffrance de ma pauvre mère, si vous n'aviez pas généreusement été
la secourir quand elle est tombée, si enfin vous
n'aviez pas appelé l'attention sur notre misère,
nous n'aurions pas connu l'homme charitable à
qui nous devons tout.

— M. Horace Arnaud? s'écria Marguerite.

— Justement. C'est un ange sur la terre, que
ce bon jeune homme ! Il est revenu deux jours
après la fête, il m'a fait transporter dans un petit logement qu'il avait loué pour nous à Amiens
et où je me suis rétablie. Il avait remis de l'argent à ma mère. « Vous me le rendrez plus tard, »
disait-il, pour ne pas blesser sa délicatesse.
Enfin, quinze jours après notre installation, nous
voyons entrer qui? Mon père ! mon père lui-
même ! que M. Arnaud avait fait revenir pour
le placer, aux appointements de 1,200 fr., chez
M. Curmer, le fabricant, qui n'a rien à refuser à
M. Arnaud depuis un service que celui-ci lui a
rendu. Vous dire notre joie est impossible. Ah !
quand on a été éprouvé vivement par le mal-

heur, comme on sent le prix d'une situation plus
prospère! Nous remercions Dieu chaque jour de
notre bien-être et nous appelons ses bienfaits sur
ceux qui ont eu pitié de nous.

Marguerite témoigna à Louise tout le plaisir
que son récit lui faisait, et elle lui causa la plus
grande joie en lui promettant d'aller voir sa
mère.

La jeune blanchisseuse s'était levée pour partir, et cependant elle ne partait pas encore. Un
air d'embarras et d'hésitation se peignait sur sa
jolie figure. Claire le remarqua.

— Vous aviez encore quelque chose à dire,
Louise? dit-elle.

— Oui, répondit Louise, qui rougit. Je voulais
vous annoncer, ainsi qu'à Thérèse, que je me
marie.

— Vous vous mariez! dirent ensemble Marguerite et Claire; et à qui?

— Mademoiselle, répondit-elle en se tournant
vers Marguerite, se souvient peut-être d'un
jeune homme qui a gagné le prix du tir, une
montre?

— Certainement, s'écria Marguerite. Je me
rappelle, continua-t-elle en soupirant, les moin-

dres détails de cette journée. Il s'appelait Firmin;
on nous dit toute sorte de bien sur son compte.
Je me souviens qu'il soutenait sa grand'mère par
son travail.

— C'est bien cela. Sa grand'mère est morte il
y a quatre mois, après avoir eu le bonheur de le
voir reçu comme instituteur. C'est encore M. Horace qui est cause de mon mariage. Il s'était in-
téressé à Firmin le jour de la fête. Quand sa
grand'mère fut morte, Firmin fut bien triste.
C'était tout naturel ; mais ce qui l'était moins,
c'est que chaque jour, au lieu d'être plus résigné,
il semblait plus désolé. M. Horace soupçonna
alors qu'il y avait une autre cause de chagrin.
Il le questionna tant et tant, que Firmin lui
avoua que c'était qu'il avait de l'amitié pour
nous, et qu'il était fâché de ne plus nous voir.
Alors, que vous dirai-je ? M. Horace nous l'amena, et, au bout de quelque temps, notre mariage
était convenu. M. Curmer veut payer lui-même
les frais de la noce ; mais ce qui nous fait surtout bien plaisir, c'est qu'il a promis à mon père
une augmentation de 200 fr. Firmin a une des
meilleures places d'instituteur du département.
M. Horace dit que plus tard, s'il le désire, il

lui aidera à établir une école à Amiens même,
de sorte que je me retrouverai avec mes bons parents.

— S'il en est ainsi, dit Claire, nous avons dou-
blement à vous féliciter.

— Oh ! oui, dit Marguerite ; soyez sûre, ma
chère Louise, que je suis charmée de vous voir
si bien établie. Mais, continua-t-elle, après un
moment de silence, l'auteur de votre mariage,
M. Horace, sera-t-il ici lorsqu'il se fera ?

— Oh ! oui, mademoiselle, je l'espère bien ! En
partant pour Paris, au mois de novembre, il
nous a dit qu'il reviendrait pour le mois de mars
nous y voici bientôt, et je ne me marierai pas
avant Pâques. Vous n'oublierez pas votre promesse, n'est-ce pas ! vous viendrez nous voir ?
Oh ! que ma mère sera joyeuse de votre visite !

Et Louise paraissait si contente elle-même.

— Grand Dieu ! pensait Marguerite, quelle différence de cette belle jeune fille, si heureuse, à
cette pauvre créature que j'ai vue il n'y a pas un
an gisante sur son lit ! Et tout ce bien s'est opéré
au moyen d'un homme bon et charitable...

Après le départ de Louise, elle fut encore longtemps un texte de conversation pour les deux

amies. Le dimanche suivant, fidèle à sa promesse, Marguerite, accompagnée par son père, allait rendre visite à ses anciennes connaissances. Elle fut reçue avec des transports de joie et de reconnaissance et se promit d'y retourner quelquefois.

XXXI

C'était un dimanche du mois de mars et une de ces premières journées de printemps dont on est si avide après les neiges et les brouillards de l'hiver. L'air était doux et tiède ; de jeunes pousses de feuilles venaient aux arbres ; l'herbe des prés verdissait, et les perce-neige commençaient à étaler leur jolie corolle comme une promesse de beaux jours. Marguerite avait projeté une course dans la campagne avec son père. Enrée dans sa chambre, elle met son chapeau, ses jants, pose son châle sur ses épaules. Mais au moment où sa toilette est terminée et où elle

s'apprête à rejoindre son père, elle entend ouvrir
la porte de la rue, et des pas d'homme qui vien-
nent aboutir à la chambre de M. Dubuffe. On
frappe, on est entré. Marguerite est de mauvaise
humeur contre le visiteur importun ; cependant
elle espère qu'il ne restera pas longtemps. Elle
prend un livre, elle attend. Mais une demi-heure
se passe ; le soleil menace de s'éclipser. Marguerite n'y tient plus, elle va entrer. Si le visiteur est, comme elle le pense, un des anciens
camarades de son père, elle l'engagera à les accompagner. Elle remet son chapeau, sort de chez
elle, traverse le petit corridor qui sépare les deux
chambres et ouvre celle de M. Dubuffe. Mais, au
même instant, un cri involontaire lui échappe....
Le visiteur malencontreux était M. Horace Arnaud ! Assis en face de lui, M. Dubuffe s'essuyait
les yeux avec son mouchoir quand sa fille parut
Elle vit qu'il avait pleuré et qu'il pleurait en
core, et elle courut à lui.

— Mon bon père, lui dit-elle, tu pleures ! O
t'a fait de la peine ?

Et elle jeta sur Horace un regard de reproche

— Mon enfant, dit le vieux soldat en lui mon
trant un visage riant, on peut pleurer de joie

Voici, continua-t-il gravement, voici M. Horace qui nous fait l'honneur de te demander en mariage.

—Et votre père, dit le jeune peintre, m'accorde son trésor le plus cher. Ratifiez-vous sa parole ?

— Parle, mon enfant. Me suis-je trompé en pensant que M. Horace est l'homme que tu estimes le plus après ton père ?

— Non, mon père, répondit timidement l'heureuse Marguerite.

— Alors, tout est bien ! Seulement, j'allais lui demander, quand tu es entrée, pourquoi, puisqu'il pensait à toi il y a près d'un an, il n'est pas venu plus tôt.

— J'ai voulu, répondit Horace, laisser à Mlle Marguerite le mérite du dévouement et du sacrifice. Je suis bien sûr que cet hiver, passé si laborieusement, ne lui laissera que de doux souvenirs.

— C'est-à-dire, reprit Marguerite en souriant, que vous aviez connu, l'année dernière, une fille si vaine, si orgueilleuse et si remplie de vilains défauts, que vous n'avez pas pu croire qu'elle fût réellement corrigée avant qu'un long temps eût prouvé la sincérité de son repentir !

10

Le mariage de Marguerite eut lieu la même semaine que celui de Louise et de Firmin. Un incident marqua la signature du contrat. Comme on allait signer les articles, Catherine parut, vêtue de sa plus belle toilette et portant un petit coffret qu'elle alla donner à Marguerite, et dans lequel celle-ci trouva, à sa grande joie, ses chers bijoux d'enfant, sa croix dont elle s'était séparée avec tant de peine !

— C'est mon cadeau de noces, dit Catherine. Puis, se tournant vers le notaire : Monsieur, lui dit-elle, mettez dans votre grimoire que je donne 20,000 fr. après ma mort à Mlle Dubuffe. C'est le résultat d'un héritage que j'ai fait, il y a quelques années.

L'honnête Catherine ne se sépara pas de son maître ; mais on lui adjoignit une jeune servante qui lui évitait toute la peine, excepté celle qu'elle voulait bien prendre.

M. Dubuffe, malgré les instances de ses enfants, ne voulut pas quitter sa chère petite maison du faubourg. Tant qu'il vécut, Marguerite, tous les matins, allait passer une heure avec lui. Jamais elle ne manqua volontairement à cette attention filiale.

Berthe, mise par Marguerite au courant de
es grands événements, ne laissa pas de repos à
a mère qu'elle ne l'eût ramenée à Amiens.
Iᵐᵉ Horace Arnaud retourna souvent à ce châ-
eau de Vernes qui avait tant marqué dans sa vie,
t la comtesse, qui avait entièrement oublié la
aaîtresse de piano, fit le plus excellent accueil à
a femme de l'artiste qui avait su conquérir la
élébrité et la fortune, l'appelant, comme par le
assé : Ma chère Marguerite, ma chère enfant.

XXXII

Nous avons montré Marguerite enfant et jeun
fille. Un seul jour de sa vie de femme, que nou
allons décrire, suffira pour prouver qu'elle a con
tinué à mériter d'être bénie de Dieu.

Revoyons-la un moment, avant de lui dire
jamais adieu.

Elle est dans l'atelier d'Horace, vaste sall
éclairée par trois fenêtres qui donnent sur u
riant jardin.

Marguerite n'est pas seule... Une partie de
personnages qui occupent une place dans notr
récit se trouve auprès d'elle : son bon père d'a
bord, que le bonheur de sa fille rajeunit ; la fidèl
Catherine, à qui une vie douce et les égards qu'o
lui témoigne ont ôté ses formes un peu âpres
pour ne laisser paraître que la bonté et l'honnê

té qui faisaient le fond de son caractère; Claire,
estée la meilleure amie de Marguerite, depuis
ue, par ses sages conseils et sa tendresse, elle l'a
idée à combattre et à faire disparaître ce grand
éfaut d'orgueil qui faisait tache sur son âme,
.ouée d'ailleurs de si aimables qualités; Thérèse,
ui, à moitié timide, à moitié hardie, furète de
ous côtés et regarde tout ; enfin, le mécanicien
lsacien Joseph, avec sa femme, sa fille et son
endre. Tout ce groupe s'était réuni devant un
grand tableau qui occupait le fond de l'atelier.
Chacun admirait, et les conversations de nos
imis nous apprennent que cette toile, dont nous
lirons tout à l'heure le sujet, était l'ouvrage
d'Horace ; qu'envoyé à l'exposition, ce tableau y
avait remporté d'illustres suffrages; qu'enfin, le
duc de B..., homme de goût et le Mécène né de
tous les vrais talents, l'avait acheté pour la somme
de 10,000 fr.

Marguerite avait eu alors une de ces heureuses
inspirations que son cœur lui envoyait souvent ;
elle avait demandé que *la part des pauvres* fût
faite sur la vente de ce tableau et de tous ceux
que son mari ferait. Horace avait trouvé l'idée
toute simple et très-bonne,

La part des pauvres avait été fixée à 10 pou
100. C'était donc 1,000 fr. qui leur revenaient
Marguerite s'était chargée de chercher à les em
ployer de la meilleure manière possible. Nou.
dirons tout à l'heure ce qu'elle avait trouvé.

Pour le moment, regardons avec elle le ta
bleau d'Horace, dont elle est fière à juste titre.

Le simple et touchant récit du révérend père
Bargery, dans la relation de sa mission, nous e1
expliquera le sujet. Ecoutons Marguerite, qui l&
lit à haute voix :

« Je revenais des Indes, dit le pieux mission-
naire, et ma tournée avait été fructueuse. J'a-
vais conquis plusieurs âmes à Jésus-Christ, et
semé le germe de sa divine parole dans des con-
trées où jamais elle n'avait pénétré. C'était mon
bouquet au Seigneur, et son parfum égayait ma
pensée. Dieu permit que j'y ajoutasse encore une
fleur.

« J'avais suivi les rives du Natosha. Mon iti-
néraire me conduisait par la plantation d'un colon américain dont les possessions touchaient aux
limites du Tennessée. C'était non loin de là que
je devais rencontrer deux de nos frères et revenir avec eux. La terrible renommée du planteur

avait franchi bien des milles, bien qu'il se fût
établi dans de vastes solitudes ; car, à deux journées de sa demeure, j'entendis parler des cruau-
tés qu'il exerçait envers ses esclaves. Même au
Canada, où je me trouvais trois mois auparavant,
j'avais entendu de la bouche d'un nègre marron,
le récit des souffrances qu'il avait endurées chez
ce colon, avant de se déterminer à prendre la
fuite. Poursuivi à travers les savanes, traqué
dans les bois, l'amour de la vie, la crainte des ter-
ribles vengeances de son maître, lui firent faire
des miracles sans doute ; car il ne fut pas découvert, et quand je le vis, il jouissait du bien si
doux de la liberté. C'était une pieuse et bonne
créature, qui reportait à Dieu le tribut de sa reconnaissance.

« Je n'eus pas un moment l'idée d'éviter la
demeure du planteur. J'y arrivai, seul et fatigué,
vers la chute du jour. Depuis quelques minutes,
il me semblait que la brise m'apportait le bruit
de gémissements. Rempli de crainte, je hâtai le
pas, et, poussant une barrière, je me trouvai dans
une vaste cour, où le plus affligeant spectacle
attrista mon cœur. Un colon aux traits durs, aux
regards implacables, faisait donner des coups de

fouet à une esclave. La pauvre femme, accroupie, les bras croisés sur sa poitrine, le visage caché dans ses mains, semblait occupée à dérober à son bourreau tout ce qu'elle pouvait de sa chair frémissante. Mais, hélas! la lanière cruelle trouvait toujours une place et marquait sur ses épaules un sillon sanglant. Une vingtaine de nègres tremblants assistaient à l'exécution, et, ô honte! ô nature! l'enfant de quinze ans qui frappait la victime était son propre fils! Et lorsqu'il voulait s'arrêter, le commandeur des nègres, derrière lui, son fouet à la main, le frappait sans relâche! Un mot me mit au courant de cette tragédie. Je courus me mettre entre l'esclave et les coups. Le maître s'approcha avec colère. Je le saisis dans mes bras.

« — Accorde-moi une grâce! lui dis-je; permets que je reçoive, à la place de cette femme, les coups qui lui sont destinés!

« Il me regarda. Son visage exprimait le doute et l'étonnement.

— « Et pourquoi voudriez-vous être battu pour elle?

« — Parce que je voudrais lui sauver cette souffrance!

« — Ce n'est pas vous qui m'avez offensé !

« — Si l'offense est grave, pardonne-la. Si c'est une faute légère, pardonne-la encore. Qu'ont-ils fait ?

« — Cette femme a osé répliquer, quand je lui ai donné un ordre. J'ai levé mon fouet sur elle, son fils insolemment a arrêté mon bras.

« — Et c'est pour avoir suivi le mouvement de la nature que tu le punis! Tu as eu une mère? tu l'as aimée? L'aurais-tu laissé insulter à tes côtés?

« — Ma mère! j'aurais tué celui qui aurait osé la toucher! Mais, poursuivit-il avec mépris, ce sont des nègres.

« — Et que sont les nègres, sinon des créatures comme nous, qui pensent, qui sentent, qui souffrent ce que nous pensons, sentons et souffrons? Ne sais-tu pas qu'ils ont été rachetés, comme nous, par le divin Rédempteur? Mais peut-être n'es-tu pas chrétien?

« — Je suis de race espagnole, et bon catholique!

« — Toi ! mais alors tu dois savoir que le *chrétien* est celui qui suit la loi du Christ, et que cette loi divine est toute de douceur et de mansué-

10.

tude. Tu l'ignores, pauvre insensé, et tu mets
en danger ton âme immortelle, bien plus encore
que tu ne mets en danger ces chairs meurtries.
Oh! permets que je t'enseigne cette religion si
belle, que tu ne connais que de nom! Laisse-moi
te sauver, toi, mon frère que j'aime et qui vas
périr! Au nom de ta mère, donne-moi l'hospitalité
pour quelques jours!

« Le planteur haussa les épaules et s'éloigna en
disant :—Cet homme est fou!

« Mais il ne m'avait pas défendu d'entrer, et
je le suivis. Le lendemain, je lui racontai ma mission, et tâchai de lui faire comprendre les joies
ineffables de la charité. Souvent il bouchait ses
oreilles, et disait :

« — Laissez-moi; j'en ai assez de toutes vos
extravagances.

« Mais je continuais. Pendant plusieurs jours,
je lui expliquai l'Evangile; il paraissait étonné de
ma persistance, et quelquefois, ému de ma tendresse, qu'il ne comprenait pas :

« — Pourquoi, disait-il, m'aimez-vous, puisqu'à vos yeux je suis coupable?

« — Parce que, disais-je, Jésus-Christ nous a
aimés, coupables aussi; que c'est surtout pour

toi, pour les âmes égarées, qu'il a souffert ; parce
que tu es mon frère et que je veux te mener à
lui.

« La nuit venue, j'allais aussi dans les cases.
C'est là que ma parole était religieusement écoutée par des créatures simples, patientes, enthou-
siastes. Je leur disais que le ciel était pour les op-
primés, et quand je leur en décrivais les félicités,
pleins de courage et de joie, ils se levaient en
disant : — Est-qu'on ne peut pas y aller tout de
suite ?

« Le soir du huitième jour, le planteur tombait à mes pieds et les arrosait des larmes du repentir. Le dixième, je partais, laissant un maître
doux et miséricordieux à la place du maître im-
placable et cruel que j'avais trouvé.

« Gloire en soit rendue au Dieu tout puissant ! »

Le tableau d'Horace représentait le mission-
naire au moment où il arrête le bras de l'exécu-
teur. Sur ses nobles traits, sur sa figure pâlie
par les fatigues, brillait une expression sublime
d'ardente charité.

— Que c'est beau ! disaient pour la dixième
fois, au moins, M. Dubuffe et ceux qui l'entou-
raient.

Claire ne disait rien ; mais ses mains jointes son regard humide fixé sur cette scène parlaient pour elle.

— Je vous ai promis l'histoire relative à ce tableau, dit Marguerite ! je vous la dirai en peu de mots.

— Si vous vouliez nous faire bien plaisir, interrompit Claire, vous nous la diriez, au contraire, bien longuement.

— Oh ! oui, s'écrièrent en même temps plusieurs voix.

— Soit, dit Marguerite, je ne vous ferai pas grâce du plus petit détail.

« Vous savez déjà, par mon père, qu'Horace m'avait remis la *part des pauvres*, montant, pour cette peinture, à 1,000 fr. J'étais bien heureuse, mais bien embarrassée de mon trésor. J'aurais voulu l'employer à tant d'usages, et j'avais si peur de me tromper ! Il y a tant de misères, et c'est si cruel de ne pouvoir soulager les uns qu'à l'exclusion des autres ! Vous étiez absente, ma bonne Claire ; vous étiez allée à Abbeville soigner votre tante ; sans cela je me serais adressée à vous, et, comme toujours, vous m'auriez donné une bonne idée, un sage conseil. En votre absence, je réfléchis toute seule, et bientôt, après avoir songé tour à tour aux vieillards, aux ouvriers malheureux et aux enfants qui sont élevés dans la misère, je m'arrêtai à ceux-ci, et j'adoptai le plan de chercher six jeunes filles d'une douzaine d'années, que je mettrais en apprentissage. Je pensais que si j'arrivais à faire, de six enfants pauvres et oisives, par conséquent exposées, de bonnes et habiles ouvrières, celles-ci, à leur tour, secourraient leur familles. En venant en aide aux enfants, en les faisant élever dans le bien, on travaille pour l'avenir; car ces enfants devenus grands se marient, et ont une famille à laquelle ils communiquent les bons principes qu'on leur a inculqués.

« Je fus heureuse tout d'abord dans mes recherches. Je n'étais pas seule : une bonne sœur de charité avait bien voulu m'accompagner. D'après quelques indications antérieures qui lui avaient été données, elle me conduisit dans une maison de la rue de la Mégisserie, le quartier des pauvres. Nous grimpâmes jusqu'à un cinquième étage. Là devait se trouver une femme Moreau, une mère de six enfants, dont les deux aînés étaient d'âge à être mis en apprentissage.

Ah ! si vous aviez vu la joie de cette pauvre
femme, quand elle apprit le but de notre visite !
De quelles bénédictions elle nous combla ! Elle
nous dit que son mari était manœuvre, qu'il ne
trouvait pas toujours de l'ouvrage, et que leur
plus grand souci était de ne pouvoir faire apprendre un état à leurs deux filles aînées, âgées
l'une de douze, l'autre de quatorze ans.

« — Ah ! disait-elle, nous avions peur pour
l'avenir de ces deux enfants ; nous les voyions
sans moyens d'existence, et la misère est une
si mauvaise conseillère ! Grâce à vous, madame,
elles ne seront pas soumises aux tentations du
besoin, et deviendront d'honnêtes ouvrières.

« Les deux jeunes filles étaient là qui se je-
taient des regards joyeux.

« —Cependant, dis-je, vous n'étiez pas oisives ?

« — Non, madame, répondit la mère ; nous
travaillions pour la pacotille, ne sachant pas assez
bien coudre pour faire autre chose ; mais cela rapporte si peu ! Il fallait faire le ménage, s'occuper
des autres enfants, et quand, au bout de la journée, nous avions à nous trois gagné une pièce
de 75 centimes, c'est que nous nous étions bien
dépêchées ?

« Avant de nous éloigner, nous demandâmes à la femme Moreau si elle ne connaîtrait pas d'autres jeunes filles en position d'être aidées pour apprendre un état, et elle nous parla d'une orpheline.

« — Je l'ai connue, nous dit-elle, à l'hôpital, où j'avais été transportée l'année dernière pour une fièvre typhoïde ; car les pauvres gens n'ont pas le moyen de se faire soigner chez eux. A côté de mon lit était celui d'une femme qui se mourait de la poitrine. Je voyais chaque jour deux enfants venir auprès d'elle, et j'entendais, sans le vouloir, leur conversation. J'appris ainsi qu'ils demeuraient rue Noire, n° 4, dans une mansarde ; qu'ils n'avaient plus de père, que la mère vivait et élevait ses enfants en faisant des ménages ; que leur propriétaire était un homme comme, hélas ! on en voit beaucoup, dur, avare, et qui les mettrait à la porte le lendemain du jour où le terme ne serait pas payé. J'entendis cette pauvre femme donner à sa fille de sages et pieux conseils, que celle-ci écoutait religieusement. Tous les matins, elle arrivait, tenant par la main son petit frère, âgé de quatre ou cinq ans. J'étais entrée en convalescence, et l'état de

ma voisine empirait. Un jour, on me dit que
j'étais guérie, et l'on me fit sortir. Je dis adieu à
la pauvre Jeanne, qui allait de plus en plus mal;
je lui promis de revenir la voir ; mais je dois
vous avouer que j'ai oublié ma promesse. Jeanne
est morte, sans doute, et cette intéressante Adèle
doit être bien à plaindre.

« En sortant de chez Mme Moreau, nous cou-
rûmes dans la rue Noire, au n° 4, comme vous le
pensez bien. Je flairais une bonne fortune. Nous
montons tout en haut de la maison, et nous en-
trons dans une mansarde, où nous trouvons ceux
que nous cherchions.

« Figurez-vous, mes bons amis, un pauvre
taudis où des morceaux de papier remplaçaient
les vitres absentes, garantissaient mal de la bise
du dehors ; les quatre murs nus, une seule chaise
et un coffre, une mauvaise petite table en bois
blanc ; dans un coin de la mansarde, une paillasse posée par terre avec une couverture d'in-
dienne mince. Cependant, à travers ce dénûment,
brillait un air de propreté et d'arrangement. Ce
mauvais lit était fait avec soin; l'unique drap
retombait sur la couverture bien blanc et bien
tiré; la chaise et le coffre reluisaient à force d'a-

voir été frottés ; pas un grain de poussière nulle part ; enfin, sur la table étaient rangés, dans un ordre symétrique, deux petites casseroles de terre, une écuelle, deux assiettes et un verre.

« Point de cheminée, point de poêle ; seulement un petit réchaud dans un coin.

« Maintenant, au milieu de cette indigence qui serre le cœur, mais qui ne révolte pas les yeux, représentez-vous une jeune fille de douze ans environ, maigre, pâle, grave et triste, assise à la fenêtre et cousant, tandis que sur un escabeau, tout près d'elle, un petit garçon de six à sept ans tient un alphabet et épelle ses lettres.

« Les deux enfants se levèrent à notre entrée, le petit tout effaré et ouvrant de grands beaux yeux bleus, sa sœur nous interrogeant d'un regard timide.

— « Mon enfant, lui dis-je, c'est bien vous qui vous appelez Adèle ?

« — Oui, madame.

« — Et c'est vous aussi qui, avec votre petit frère, alliez tous les matins, l'année dernière, visiter votre mère malade à l'hôpital ?

« — Oui, madame, répondit-elle encore.

« Mais cette fois sa voix trembla. Le souvenir que je venais d'évoquer avait fait monter le sang à ses joues pâlies, et ses yeux se remplirent de larmes.

« — Pardon, mon enfant, lui dis-je ; c'est pour vous un triste souvenir ; car vous l'avez perdue, sans doute, cette bonne mère ?

« Elle me fit signe que oui.

« — Du moins, continuai-je, vous avez suivi ses sages conseils, j'en suis sûre. Elle a continué à veiller sur vous ; c'est elle qui aujourd'hui vous envoie des amies pour vous aider. Voulez-vous nous aimer un peu et avoir confiance en nous ?

« Adèle se cacha le visage dans ses mains et se mit à sangloter.

« Je regardai la sœur, ne comprenant pas bien cette explosion de douleur.

« — La pauvre âme a bien souffert, me dit-elle tout bas d'une voix compatissante, et je gagerais que depuis la mort de sa mère elle n'a pas entendu une parole de sympathie. Voilà pourquoi les vôtres ont produit tant d'effet sur elle.

« — Oh ! pauvre enfant ! m'écriai-je. Il se pourrait ? Adèle, remettez-vous, ma pauvre pe-

tite, et racontez-nous votre vie depuis la mort
de votre mère. Est-il vrai que pas une âme
charitable ne se soit rencontrée sur votre chemin, et que vous ayez dû, toute seule et à
onze ans, élever cet enfant, le nourrir et vous
nourrir avec lui ?

« — Nous vivions très-retirés, avec ma mère,
dit enfin Adèle ; nous travaillions ensemble pour
un marchand de casquettes ; de plus, elle gagnait
encore 20 fr. par mois en faisant des ménages,
et je restais chargée, en son absence, du soin
de mon petit frère. A sa mort, j'allai dans les
maisons où elle faisait des ménages ; mais on
l'avait remplacée partout, et l'on ne voulut pas
m'employer. Cependant nous devions deux mois
de location, 10 fr. Comment me les procurer ?
Je pris mon frère par la main et j'allai supplier
le propriétaire d'avoir patience jusqu'à ce que
j'eusse du travail. Il ne voulut rien entendre et
jura que si le lendemain il n'avait pas son argent,
il nous mettrait à coucher à la rue. Alors, madame, je fis monter un marchand de vieux meubles et je lui vendis le lit de ma mère et la cou-
chette d'Edouard, qui commençait à être trop
petite pour lui. Mais il ne voulut me donner

que 8 fr. de ces deux objets. Je fus donc obligée d'y joindre le matelas. Alors il me donna 15
fr. J'allai payer le propriétaire ; j'avais appris
qu'il cherchait une femme de ménage , je me
proposai ; il ne voulait pas d'abord, prétendant
que j'étais trop faible, et disant que je finirais
comme ma mère ; cependant il consentit à m'essayer et à me donner 5 fr. par mois. Comme cela
fait juste le loyer de la chambre, il les garde.
Sans doute, Dieu permet que le zèle et la bonne
volonté suppléent aux forces ; car j'ai toujours
pu contenter cet homme. Comme son ménage
ne me prenait que deux heures le matin et deux
heures le soir, il me restait bien du temps pour
travailler ; j'allai demander de l'ouvrage au marchand de casquettes. Il consentit à m'en donner,
mais jamais au même prix qu'à ma mère. J'eus
beau lui dire que je faisais autrefois des casquettes avec maman, qu'il n'y avait aucune différence de ses coutures aux miennes, il ne voulut
m'en donner que 2 fr. 40 c. la douzaine, au lieu
de 3 fr. 60.

« — Ce vilain homme spéculait sur vous ! lui
dis-je avec indignation.

« — Oui , madame , me répondit-elle, je le

crois ; mais que pouvais-je faire ? Ailleurs on ne
me connaissait pas ; on m'aurait probablement
refusé de l'ouvrage. Je pris celui-ci. En me dé-
pêchant beaucoup, je faisais une casquette par
jour. Cela faisait 20 c. J'avais de plus 75 c. par
mois pour aller chercher un seau d'eau matin et
soir à une femme qui demeure au troisième. Mais
ces 75 c. me servaient à payer l'école d'Edouard.
Vous comprenez, madame, que nous vivions de
pain et de soupe. En allant conduire le petit à
l'école, je passais chaque matin sur le marché
aux légumes ; j'eus souvent la bonne fortune d'y
trouver, par terre, soit une feuille de chou qu'on
avait dédaigné, soit quelque autre chose. Un jour
aussi, une jardinière qui m'avait vu ramasser
quelques feuilles de salade m'appela et me fit
causer. Depuis, cette brave femme me donnait
toujours quelque chose pour mettre dans ma
soupe. Nous n'étions pas trop à plaindre, comme
vous voyez, madame, nous vivions, lorsque
tout à coup mon petit Edouard tomba malade.
J'allai supplier un médecin de venir par charité.
Il vint et me rassura en me disant que ce n'était
qu'une maladie de croissance, que le petit gran-
dissait beaucoup, qu'il fallait seulement le soute-

nir en lui donnant des viandes rôties et du bon
vin. Il partit après ces paroles. Je retournai chez
l'homme qui m'avait acheté mon lit, je l'amenai ;
je lui vendis une table, deux chaises, une ar-
moire, du linge, enfin tout ce qui ne m'était pas
absolument indispensable. J'eus 30 fr. de tout
cela, et pendant trois mois mon cher petit
Edouard eut de la viande et du vin. Quelquefois
il me disait, ce cher enfant : « Mais pourquoi ne
« manges-tu pas des mêmes choses que moi. »
Alors je lui disais que je n'aimais pas la viande
et que je détestais le vin ; et pour preuve j'en met-
tais sur le bord de mes lèvres et je faisais une
grimace qui le faisait rire aux éclats. J'eus le
bonheur de voir, au bout de ce temps, qu'il avait
repris ses bonnes couleurs. Depuis, il s'est parfaitement porté. Je travaille avec courage en le
regardant. Je pense que ma bonne mère bénit
mes efforts, et que, quand je serai plus grande,
je gagnerai davantage. »

— Pauvre petite, dit le père Dubuffe. Si jeune
et déjà si raisonnable, si courageuse !

— Quand je lui expliquai ce que je voulais
faire pour elle, continua Marguerite, elle jeta sur
son frère un regard inquiet et empreint d'une

sollicitude toute maternelle. Je la compris et la
rassurai en lui promettant que son frère ne la
quitterait pas. En effet, la bonne sœur Marie m'a
trouvé, pour les mettre tous deux, une famille
d'honnêtes gens. La mère est couturière et ap-
prendra à coudre à Adèle ; le père est menuisier
et montrera son état au petit garçon. La joie de
cette pauvre Adèle est vraiment touchante. Le
lendemain, la sœur et moi avons terminé nos
recrues. Je les ai fait habiller et leur ai
donné rendez-vous ici aujourd'hui même, voulant les conduire chacune où elle doit aller.
Elle sont réunies et m'attendent. Voulez-vous les
voir ?

On répondit qu'on ne demandait pas mieux.
Marguerite prit son chapeau, son châle, et conduisit son père et ses amis dans la salle à manger. Là, autour d'une table bien servie étaient
six jeunes filles toutes vêtues proprement et uniformément. Adèle se distinguait facilement parmi elles. On lisait sur son visage doux et amai-
gri les épreuves qu'elle avait subies ; mais en ce
moment ses yeux brillaient de la joie la plus
pure. Un beau petit garçon était auprès d'elle,
mordant d'un fier courage un morceau de brioche.

Elles se levèrent en voyant paraître Mme Arnaud
qui les engagea à la suivre. Tout le monde descendit avec elle. La voiture était prête. Les six
jeunes filles et le petit garçon furent juchés soi
dedans, soit sur le siége.

— Adieu, mon bon père ! dit Marguerite
Adieu, mes amis!

— Adieu ! adieu ! lui cria-t-on.

Et l'on se perdit de vue.

Et nous aussi, nous disons: Adieu, Margue
rite! Vous serez heureuse ; car vous êtes bonn
et sage. Vous serez bénie, car vous avez fait un
bonne œuvre; et maintenant que vous save
combien sont pures les joies que les bénédic
tions du pauvre procurent, vous les cherchere
sans cesse et en composerez votre trésor le plu
précieux.

FIN.

Caen.—Imprimerie Nigault de Prailauné.